2

Nan Inger Östman

Dein für ewig C.

Deutsch von Angelika Kutsch

SCHNEIDER BUCH

Die Deutsche Bibliothek – CIP-Einheitsaufnahme
Östman, Nan Inger:
Dein für ewig, C. / Nan Inger Östman. Dt. von Angelika Kutsch. – München : F. Schneider, 1994
ISBN 3-505-00017-5

Dieses Buch wurde auf chlorfreies,
umweltfreundlich hergestelltes
Papier gedruckt.

© 1994 by Franz Schneider Verlag GmbH
Schleißheimer Straße 267, 80809 München
Alle Rechte vorbehalten
Originaltitel: Dyrkade Ebba
© Nan Inger Östman 1992
First published by AB Rabén & Sjögren Bokförlag, Sweden, in 1992
Übersetzung aus dem Schwedischen: Angelika Kutsch
Titelbild: Gertraud Funke
Umschlaggestaltung: Marianne Specht
Lektorat: Vera Fiebig
Herstellung: Gabi Lamprecht
Satz: Typodata GmbH, München, 10' Baskerville
Druck: Presse-Druck Augsburg
Bindung: Conzella Urban Meister, München-Dornach
ISBN: 3-505-00017-5

1

Die einzige, die auf der Beerdigung von Urgroßtante Ebba Tränen vergießt, ist Andrea. Sie weint, daß es sie schüttelt. Niemand ist darüber erstaunter als sie selbst. Man könnte meinen, sie hätte Ebba geliebt, aber so war es nun wirklich nicht.

Man kann es ruhig aussprechen: Es war höchste Zeit, daß Ebba unter die Erde kam. Sie war so entsetzlich alt. Fast hundertfünf Jahre alt, aber nicht ganz. Einige Monate fehlten noch, und anstelle der Geburtstagsfeier gab es nun die Beerdigung.

Andrea kann sich noch sehr gut an Ebbas hundertsten Geburtstag erinnern. Es gab ein Riesenfest, und die ganze Verwandtschaft war stolz. Ebba selbst stand aufrecht am Tisch und hielt eine Rede, stocktaub, aber bei klarem Verstand, mit Tränen in den Augen und gerührt von allen Gratulationen.

„Stellt euch vor, so alt zu werden, daß einem sogar der König gratulieren muß. Das hätte Onkelchen Spaß gemacht", sagte sie wieder und wieder und nickte Andrea zu, die die Jüngste auf dem Fest war.

Vielleicht war sie doch nicht mehr bei ganz klarem Verstand, denn Andrea begriff nicht, was sie meinte. Aber das Telegramm vom König beeindruckte sie natürlich auch. Sie hatte gar nicht gewußt, daß Ebba den König kannte. Hinterher war sie zutiefst enttäuscht, als sie erfuhr, daß königliche Telegramme einfach zu hundertsten Geburtstagen gehörten.

Dieser Geburtstag war jedenfalls sehr feierlich gewesen. Dann wurden keine Geburtstage mehr gefeiert, und Andreas Großmutter war fast die einzige, die Ebba im Pflegeheim besuchte. Einmal hatte Andrea sie begleitet und stand an der Tür, während Großmutter auf Ebbas Bettkante saß. Das war sicher schon ein Jahr her, aber sie kann sich noch ganz deutlich erinnern. Ein kleines, eingefallenes Gesicht auf dem Kopfkissen, eine Nase wie der Schnabel eines Vogels, durchscheinend dünne, gewölbte Augenlider über den violetten Augenhöhlen, der Mund wie ein kleiner, eingesunkener Strich.

Und das Haar, das am hundertsten Geburtstag noch weiß und dick und glänzend gewesen war, ganz dünn und spröde über dem Scheitel. Sie sah mausetot aus, obwohl sie lebte, obwohl sie nachweislich lebte.

Hinterher sagte Großmutter, daß es noch viel mehr Menschen gäbe, die so lebten wie Ebba. Ebba war nichts Besonderes.

Andrea informierte sich in der Schulbibliothek über die jährliche Statistik. In jenem Jahr gab es 6634 Personen, die über 95 Jahre alt waren, und davon waren 5088 Frauen! Später bereute Andrea es. Das war nicht gerade ein ermutigendes Wissen, das sie mit sich herumtrug, sondern eher beklemmend.

Andrea sah immer noch Ebbas Gesicht auf dem Kissen und die schwache Wölbung ihres ausgezehrten Körpers unter der Decke. Sie ist sicher, Ebba sieht noch genauso aus unter dem Sargdeckel.

Plötzlich wird ihr schlecht. Sie erträgt den Anblick des süßlichen Beiwerks des Todes nicht mehr, den weißen Sarg und die rosafarbenen Rosen. Sie streckt den Rücken, versucht, tief durchzuatmen, und zwingt sich, dem Gesang zu lauschen. Er klingt dünn, so, als ob die meisten nur den Mund bewegten. Sie muß das Kirchenliederbuch zu Hilfe nehmen, um die Wörter überhaupt zu verstehen. Es ist ein Psalm, den sie noch nie gehört hat. Aber das ist kein Wunder. Sie kennt nicht viele, und sie kann kaum einen auswendig, abgesehen von den bekanntesten, und von denen kann sie auch nur die ersten Verse.

Dieser Psalm handelt von der Dankbarkeit des Menschen, eines Menschen, der Gott für die auferlegten Bürden, die Kraft und den Willen und die Leichtigkeit der Schritte, für das getane Werk auf Erden und die erfüllten Pflichten dankt.

Zuerst kommen Andrea die Worte sehr sonderbar vor. Mit Sterben haben sie nichts zu tun, und mit Ebba erst recht nicht. Hier stimmt aber auch gar nichts.

Wie zum Beweis fliegt Andrea plötzlich eine Erinnerung an.

Sie ist noch klein, vielleicht sechs, sieben Jahre alt. Ebba ist noch eine ganz ansehnliche Person. Gerader Rücken, sehr blaß unter dem großen lila Hut. Halsketten und Geglitzer an den Handgelenken, Ringe an den Fingern, Andrea kann es einfach nicht lassen, sie muß an einem hellen, lila Stein kratzen, der mit verschnörkeltem Silber eingefaßt ist. Es ist der schönste Ring, den sie je gesehen hat.

„Den möchte ich haben, wenn du stirbst", sagt sie.

Da lacht Ebba laut, so daß alle zu ihnen herschauen.

„Jetzt hört euch das Kind an", sagt sie. „Es schlägt nach mir. Das Kind hat einen guten Geschmack. Aber du mußt dich noch eine Weile gedulden, Andrea."

Dann kneift sie Andrea mit knochigen, gelben Fingern in die Wange, und Andrea schämt sich. Sie schämt sich ganz furchtbar, ohne selber genau zu verstehen, warum. Sie weiß nur, daß Ebba sie lächerlich gemacht hat.

Hat sie Ebba deswegen nie richtig gemocht? Fühlt sie sich jetzt deswegen unangenehm berührt? Sie hatte es doch selbst gewollt. Sie wollte zur Beerdigung gehen, sie erleben und etwas lernen.

Beerdigung, Hochzeit, Taufe – so was muß man erlebt haben.

„Das darfst du auf keinen Fall verpassen", hat Stina gesagt, die niemanden von eigenem Fleisch und Blut hat, den sie beerdigen könnte. Und was Stina gesagt hat, das hat den Ausschlag gegeben.

Dann taucht eine Erinnerung ganz anderer Art auf.

Verwandtentreffen, und Andrea ist immer noch klein, aber nicht mehr ganz so klein. Jemand sagt: „Ebba war die hübscheste unter den Schwestern. Sie muß ganz entzückend gewesen sein. Aber ... Die Rose durfte nicht lange blühen. Sie ist sich ihrer Anziehungskraft immer bewußt gewesen, selbst jetzt noch in all ihrer Hinfälligkeit ... Guckt sie bloß an ..."

Andrea dreht sich um und sieht ihren Papa, wie er sich über Ebba beugt, die sehr gerade auf ihrem Stuhl sitzt, ohne sich anzulehnen, Schminkrosen auf den Wangen und einen grünen Glanz auf den Augenlidern. Um den mageren, faltigen Hals trägt sie eine aufgebauschte Schleife. Sie lächelt Andreas Papa mit ihren großen, gelblichen Zähnen an, als wäre sie siebzehn Jahre alt.

Andrea schämt sich irgendwie für Ebba. Merkt die denn gar nicht, wie peinlich alles ist? Auf Papa wird sie auch böse, weil er Ebbas kleinen Auftritt benutzt.

Wer also hat diesen merkwürdigen Psalm ausgesucht? Von der Leichtigkeit der Schritte! In den letzten Jahren hat Ebba keinen Schritt mehr tun können. Es ist wie ein Hohn.

Andrea schaut den Pastor an und überlegt, ob er es vielleicht war. Aber er sieht so durch und durch unschuldig aus, wie er da in einem etwas ungebügelten Gewand zwischen Sarg und Altar hin- und hertrottet. Dieser Psalm, findet sie, paßt irgendwie nicht zu seinem Stil. Aber was weiß sie, vielleicht ist das sein Lieblingspsalm, und er benutzt ihn auf jeder Beerdigung, wenn ein alter Mensch begraben wird.

Wieder mustert sie den Pastor. Jetzt kommt es ihr vor, als wirke er ein bißchen einfältig in seiner Unschuld. Aber richtig blöd ist er auch nicht. Er vermittelt stark das Gefühl, daß es Ebba jetzt gut geht und Gott sie aufgenommen hat. Wie er es mit ihnen allen machen wird, wenn ihre Zeit gekommen ist.

Andrea hat ihr Unbehagen überwunden und folgt der Zeremonie mit einem feierlichen und ernsten Gefühl. Aber irgendwie ist das Ganze dennoch unwirklich wie Theater. Herbstsonne fließt wie von einem guten Regisseur dirigiert durch das Fenster überm Altar und leuchtet auf die Blumenpracht. Nichts ist schwer, wenn man sich nur an den Pastor hält und es wie Großmutter und die anderen macht.

Dann wirft der Pastor Großmutter einen Blick zu. Sie erhebt sich, und Andrea macht es ihr nach. Sie folgt Großmutter, die sich aus der Bank herausschiebt. Hinter ihnen bildet sich ein kleiner Stau, bevor alle eine Reihe bilden, die würdevoll zum Altar schreitet.

Großmutter bleibt am Sarg stehen und senkt den Kopf, ehe sie ihren kleinen Strauß niederlegt. Dann verharrt sie, als ob sie ein paar unhörbare Abschiedsworte für Ebba spräche. Schließlich tritt sie einen Schritt zurück und neigt die Knie.

Auf all das ist Andrea nicht vorbereitet. Sie hat nicht einmal begriffen, warum Großmutter ihr einen Strauß zugesteckt hat.

Jetzt legt sie ihn neben Großmutters, und soweit ist alles gut. Aber sie soll ja wohl nicht allen Ernstes auch noch einen Knicks vor dem Sarg machen? Vor dem Tod? Andrea ist ganz verwirrt. Großmutters Rücken ist schon weit weg und keine Hilfe. Hinter Andrea oder besser seitlich von ihr stehen schwarzgekleidete Frauen Schlange. Es ist, als ob sie die ganze Prozedur aufgehalten hätte und alle sie mit vorwurfsvollen Augen anschauten. Hilflos macht sie einen kleinen, linkischen Knicks, und im selben Augenblick überwältigen sie die Tränen. Fast findet sie nicht zurück zur Bank, wo Großmutter auf sie wartet.

Andrea weint und kann nicht aufhören. Ihr ist plötzlich aufgegangen, daß selbst so ein langes Leben wie Ebbas entsetzlich kurz ist. Und was Ebbas Leben angeht, ist es außerdem sinnlos gewesen. All diese Jahre, alle diese Tage und Nächte, wozu waren sie gut, und was haben sie gebracht?

Sie weint gegen Großmutters Schulter, und Papas Arm legt sich um ihren Rücken. Er ist ihnen zu Hilfe gekommen und hält sie ganz fest. Aber sie kann nicht aufhören zu weinen. Es ist entsetzlich peinlich, und Andrea schämt sich. Sonst kann sie sich gut beherrschen.

Und das schlimmste ist, daß sie weiß, was alle denken: Armes Mädchen, sie hat es sicher nicht leicht, so eine bedauernswerte Scheidungswaise. Da kann man mal wieder sehen, was Eltern so anrichten.

Sie haben ganz recht. Sie weint zwar gegen Großmutters Schulter, zwar hat Papa seinen schützenden Arm um sie gelegt, aber der Mensch, den sie am meisten vermißt und den sie in diesem Augenblick mehr braucht als jeden anderen, ist nicht dabei.

Immer noch begreift sie nicht richtig, wie alles so kommen konnte. Sie und Mama hatten sich kein bißchen auf die Art und Weise gestritten, wie sich Mütter und Töchter angeblich streiten. Jedenfalls nicht oft. Sie sind gut miteinander ausgekommen. Wie hätte man sich auch mit jemandem streiten können, der so selten zu Hause war wie Mama? Und mit der man solchen Spaß haben konnte, wenn sie zu Hause war und nicht ins Labor mußte.

Aber eines versteht Andrea sehr gut: Aller Spaß, den Mama und sie zusammen gehabt hatten, bedeutete nichts im Vergleich zu all dem Schlechten zwischen Mama und Papa. Deswegen wurde sie – Andrea – einfach geopfert, weil Mama es nicht mehr mit Papa aushielt. Und weil man ihr einen Traumjob in Amerika angeboten hatte.

Diesen Verrat kann Andrea Mama nicht verzeihen.

Es geschah zu Sommeranfang. Das ist schon einige Monate her. Die Wunde hätte eigentlich verheilt sein und Narben gebildet haben müssen. Aber so ist es nicht. In diesem Augenblick hat Andrea das Gefühl, als wäre die Wunde wieder aufgebrochen.

2

Wirklich lustig, wie Andrea im letzten Jahr Ebba ähnlich geworden ist. Das ist mir in der Kirche schon aufgefallen, und jetzt sehe ich es auch. Das müssen die starken Lagerbladschen Gene sein, die schließlich doch die Oberhand gewinnen. Die setzen sich immer durch."

Großtante Alice nickt Andrea wohlwollend zu, die sie aber böse anschaut. Es stimmt einen ja nicht gerade heiter, wenn man mit einer Hundertfünfjährigen verglichen wird, die man gerade begraben hat.

„Ich meine natürlich in jungen Jahren", fügt Alice hastig hinzu. „Ihr erinnert euch doch an das Foto von Ebba, als sie gerade die Schule beendet hat. Wo sie so hübsch ist mit den aufgesteckten Haaren und einem Kragen bis unters Kinn. Wenn sie die gleiche Frisur und die gleichen Kleider trügen, könnte man Ebba und Andrea verwechseln. Das hat etwas mit der Stirn und den Augen zu tun."

Andrea rutscht verlegen auf ihrem Stuhl hin und her.

Ihr ist es unangenehm, wenn das Gespräch am Tisch verstummt und alle sie ansehen. Es ist, als ob sie ein Gemälde auf einer Auktion wäre, das von kritischen Augen taxiert wird. Eine echte Lagerblad oder nur eine billige Kopie?

Um Großmutters Eßtisch sitzen fast nur Damen. Andrea kann nicht unterscheiden, welche zu den Verwandten und welche zu den Kindheitsfreundinnen zählen. Es ist ihr auch egal. Sie weiß nur, daß es reichlich Tanten aus verschiedenen Generationen gibt. Männer hingegen sind dünn gesät. Die Frauen in der Verwandtschaft brüsten sich damit, daß sie grüne Finger haben, wenn es um Pflanzen geht. Aber die Männer siechen dahin und sterben einfach so – wenn es ihnen nicht gelingt, sich beizeiten zu retten.

Andrea fragt sich manchmal, ob es nicht unnatürlich viele Geschiedene und Witwen gibt. Großmutter ist selbstverständlich Witwe und, soweit Andrea weiß, unschuldig an Großvaters Tod. Er wurde an einem Fußgängerüberweg mitten in Stockholm überfahren. Großmutter ist nicht mal in der Nähe gewesen.

Am Tisch sitzen nur zwei Herren. Der eine ist Großmutters Bruder, Großonkel Gustaf. Er hat dickes, weißes Haar und liebe Augen. Außerdem ist er taub wie noch einige in der Verwandtschaft. Seine Gespräche bestehen aus Minivorträgen über verschiedene Themen. Andrea mag ihn, hat aber noch nie ein Wort zu ihm gesagt, ihm nur mit wohlerzogenem Nicken zugehört. Manchmal lächeln sie einander zu, um zu zeigen, daß sie miteinander verwandt sind und nichts dagegen haben.

Der andere Mann ist Andreas Papa. Unter all diesen alten Damen sieht er sogar in Andreas Augen jungenhaft jung aus. „Der bezaubernde Papa", nennt Stina ihn immer, genau wie alle anderen Freunde von Andrea. Einerseits, weil er tatsächlich sehr gut aussieht, andererseits, weil sogar ein häßliches, pickliges Mädchen so behandelt, daß es sich ein bißchen auserwählt oder wenigstens normal fühlt. Er nimmt auch jede Mühe auf sich, um anderen Anstrengung zu ersparen. Als Andrea klein war, hat er ganze Wagenladungen voller Kinder zu Festen und Ausflügen kutschiert. Immer noch ist er wie selbstverständlich zur Stelle, wenn es jemand eilig hat, rechtzeitig zur Gymnastik oder zum Tennis oder nur zum Mittagessen zu kommen.

Und wie er Mamas Verwandten geholfen hat! Großmutter trägt er auf Händen. Und wenn jemand Probleme mit der Steuer oder irgendwelchen Papieren hat, versucht er, die Schwierigkeiten zu lösen. Dafür sind Juristen schließlich da, behauptet er.

Geschiedene Männer pflegen zu Verwandtschaftstreffen nicht zu erscheinen, und sie wären auch nicht willkommen, aber mit Andreas Papa ist das etwas anderes. Ihn läßt man nicht freiwillig gehen. Und was die Scheidung angeht, stehen alle – mit und ohne Lagerbladschem Blut – auf seiner Seite. Ein wunderbarer Mann, sagen sie. Ein guter Mensch. Und so charmant.

Andrea weiß, daß niemand allzuviel Sympathie für ihre Mama empfindet. Sie wurde immer für eigensinnig und egoistisch gehalten, und wie sie es geschafft hat, sich so einen Mann zu angeln, sei ein Rätsel. Dahingegen ist es nur zu verständlich, daß die Ehe nicht gehalten hat. Und nur folgerichtig, daß sie wegen eines Forschungsstipendiums nach Amerika abgehauen ist. Sie ist so eine, die immer wieder auf den Füßen landet und das Leben mit einem Hackentrick meistert. Es ist auch typisch, daß sie dafür gesorgt hat, daß Andrea keine Geschwister bekommen hat. Denn dann hätte es nicht mit der Karriere geklappt. Ach ja, es ist ein Glück für Andrea, daß sie ihren wunderbaren Papa hat. Und ihre Großmutter.

So ähnlich stellt sich Andrea das Gerede in der Verwandtschaft vor. Irgendwie hat sie so ein Gefühl. Und Großmutter ist immer noch schlecht auf ihre Tochter zu sprechen und enttäuscht von ihr. Sie sagt zwar nicht viel, aber man merkt es trotzdem.

Manchmal, aber nur manchmal, meint Andrea zu verstehen, warum Mama sie und den „bezaubernden Papa" verlassen hat. Aber darüber spricht sie nicht mit Großmutter. Das würde sie nur verwirren und beunruhigen. Und mit Großmutter muß man behutsam umgehen.

Um die Wahrheit zu sagen, ist Andrea im übrigen gar nicht so verlassen, wie die Verwandtschaft glauben mag. Ihre Mama ist kein gefühlloses Monster. Sie ruft an, obwohl sie nie mehr als kurze, schroffe Antworten bekommt. Sie schreibt, obwohl Andrea sie mit nichtssagenden Karten in langen Abständen straft. Und sie hat Geld auf ein Sparbuch für Andrea eingezahlt, so daß sie sich ein Flugticket für die Reise nach Amerika kaufen kann, wann sie will, ohne daß sie Papa um Geld bitten muß.

Bis jetzt hat Andrea noch nicht die geringste Lust verspürt. Obwohl Stina sagt, sie wäre schön verrückt, wenn sie nicht flöge. Aber was hat sie in Amerika verloren? Aus verschiedenen Gründen will sie Papa und noch weniger Großmutter allein lassen. Der würde es womöglich einfallen zu sterben, wenn Andrea auch verschwände.

Dann ist da noch die Schule. Andrea will nicht den Anschluß verlieren. Sie ist ehrgeizig. Außerdem will sie in der vertrauten Umgebung bleiben. Eine neue Umgebung und neue Menschen interessieren sie im Augenblick nicht. Aber es kann passieren, daß Stina irgendwann recht kriegt, später, daß sie sich dann ein Jahr von der Schule befreien läßt und auf ein College geht. Aber noch nicht. Auf keinen Fall jetzt.

Nein, man kann nicht behaupten, daß sie direkt von ihrer Mama verlassen wurde, was die Verwandten sich auch einbilden mögen.

Im Augenblick denkt jedoch niemand an Scheidung oder an Beerdigung. Die Stimmung ist immer lebhafter geworden. Alle reden durcheinander. Nur Großonkel Gustaf sitzt still mitten in dem Gesumm. Wein und Essen haben die Lebensgeister munter gemacht. Es ist, als ob sie sich freuen, noch am Leben zu sein, nachdem sie eben noch an den Tod erinnert wurden.

Andrea ist schockiert. Alte Menschen schieben Unbehagliches einfach beiseite. Sie nippen an ihren Gläsern und unterhalten sich fröhlich, als ob es Ebba nie gegeben hätte. Großmutter hat kleine Rosen auf den Wangen und lacht laut. Andrea hat bei einem solchen Anlaß wirklich mehr Würde von ihr erwartet. Schließlich ist es Großmutters Tante, die da begraben wurde. Eine Person, die in ihren ersten sechzehn Lebensjahren noch das Ende des neunzehnten Jahrhunderts erlebt hat.

„Wie war sie, als sie jung war?" fragt Andrea ziemlich laut.

Großmutter stutzt.

„Wer, Ebba?" fragt sie unsicher, als ob Andrea jemand anders gemeint haben könnte. „Ebba, natürlich", sagt sie hastig. „Aber ich war noch nicht mal geboren, als sie jung war. Sie war hübsch und nett und zu uns Kindern die Großzügigkeit selbst. Wir hatten sie natürlich sehr gern. Aber Alice kann sich besser an sie erinnern. Außerdem war sie Ebbas Liebling. Sie hatten dieselben Interessen. Kleider und Schmuck."

Die Frage geht weiter an Alice, die fünf Jahre älter ist als Großmutter.

Aber ihr fällt auch nicht viel ein.

„Ich erinnere mich nicht an sie, als sie jung war. Als ich geboren wurde, war sie schon über dreißig."

Sie zählt an ihren gutgepflegten Fingern nach und verwirrt sich in den Jahreszahlen. Sie stimmt sich mit dem alten Gustaf ab. Es dauert eine Weile, bevor die Fragen seinen Hörapparat durchdringen und seine Erinnerung erreichen.

„Sie war hübsch, aber dumm wie eine Gans. Hörte schon als kleines Kind schlecht, das arme Ding", verkündet er.

Dann lächelt er sein liebenswertes Alte-Männer-Lächeln, und in seinen Augen glitzert es.

Großmutter kichert.

„Arme Ebba", sagt sie. „Erinnert ihr euch an die Geschichte mit dem holden Schweigen?" Und Andrea erklärt sie: „Das war zu der Zeit, wo sie es in der Schule mit der Rechtschreibung sehr genau nahmen. Es war die Zeit, wo man auswendig lernen mußte. Und da stand die Lehrerin mit dem Kneifer auf der Nase und dem Zeigestock in der Hand und diktierte den Kleinen Rechtschreibübungen. ‚Reden ist Silber, Schweigen ist Gold', diktierte sie. ‚Reden ist Silber, Schweigen ist hold', schrieb Ebba. Da wurde sie von der boshaften Lehrerin ausgelacht und als dumm abgestempelt, obwohl sie nur schwerhörig war. Sie hatte ja ständig Ohrenschmerzen."

„Haben die Lehrer zu der Zeit denn überhaupt noch nichts kapiert?" fragt Andrea aufgebracht. „Es ist ja wohl kein Kunststück herauszukriegen, daß jemand schwerhörig ist."

Das ausgehende neunzehnte Jahrhundert stellt sich ihr wie dunkelstes Mittelalter dar. Sie versteht nicht, wie die Leute es ausgehalten haben.

3

Einige Wochen später bekommt Andrea den Amethystring. Wegen des Ringes hat Ebba ihr Testament geändert. Vor fast genau zehn Jahren.

„Ich hab' ein Gefühl, als hätte ich ihn mir erbettelt", sagt Andrea und dreht und wendet ihre Hand, so daß der Stein im Sonnenschein violett schimmert.

Sie freut sich, ist aber gleichzeitig erstaunt.

„Ebba war großzügig, und sie fand dich so niedlich, als du klein warst", sagt Großmutter lächelnd. „Besonders, wenn du dich verkleidet und dich mit aller Art Flitter behängt hast. Sie bildete sich ein, daß du ihr ähnlich bist. Geistesverwandt, irgendwie. ‚Diese entzückende Kleine', sagte sie und stellte dir ihr Schmuckkästchen hin. Dann schmunzelte sie vor sich hin, während du dir Ringe auf deine Würstchenfinger schobst, einen nach dem anderen. Und wie du dich vorm Spiegel geplustert hast!"

Andrea stöhnt laut auf.

„Bin ich ihr wirklich ähnlich?"

„Eine gewisse Familienähnlichkeit besteht schon", antwortet Großmutter ausweichend diplomatisch.

„Und innerlich?"

„Darüber kann ich nichts sagen. Womöglich seid ihr beiden euch ähnlich in eurem Eigensinn."

„Quatsch", sagt Andrea. „Ich bin doch nicht eigensinnig. Und die Sache mit dem Ring finde ich komisch. Ist der wertvoll?"

„Nicht besonders. Trotzdem solltest du ihn gut verwahren. Sie mochte dich, und sie wollte dir eine Freude machen. Außerdem wollte sie, daß du sie in guter Erinnerung behältst. Solange sich noch jemand an einen erinnert auf dieser Welt, ist man ja nicht ganz verschwunden."

Anfangs bringt der Ring nicht viel Freude, er macht höchstens ein schlechtes Gewissen. Andrea kann sich nicht erinnern, jemals wirklich nett zu Ebba gewesen zu sein oder sie mal geküßt oder umarmt zu haben.

Im Gegenteil. Weggelaufen ist sie und hat sich versteckt, um nicht hervorgezogen und abgeküßt zu werden. Sie hat sich vor Ebba gefürchtet. Die Erwachsenen sagten immer, es sei erstaunlich, wie munter und vital Ebba war. Aber in Andreas Augen war sie uralt, angemalt und gepudert wie eine Puppe. Jedoch von einem angenehmen, frischen Parfümduft umgeben. Das mußte man zugeben. Außerdem war sie taub. Das war anstrengend, weil man laut und deutlich sprechen mußte, damit sie einen verstand. Wenn sie einen nicht verstand, bekamen ihre Augen so einen hilfesuchenden und flehenden Ausdruck. Das war schwer zu ertragen.

Aber das ist auch nicht die ganze Wahrheit über Ebba. Denn sie redete. Sie redete gern. Wenn man taub ist, ist es besser, das Gespräch zu führen, anstatt zuzuhören. Dann kann man wenigstens selbst entscheiden, worüber geredet wird. Wenn jemand Einwände machte, konnte man so tun, als hätte man sie nicht gehört. Andrea hofft, daß sie Ebba wenigstens zugehört hat. Aber sie ist keinesfalls sicher.

Bis Ebba hundert wurde, lud sie Großmutter, Mama und Andrea jedes Jahr vor Weihnachten in eine Konditorei ein. Das war Tradition. Aber Andrea kann sich nicht daran erinnern, daß ihre Mama jemals Zeit hatte. Immer folgten nur Großmutter und Andrea der Einladung.

Es war eine Plage der schlimmsten Art, und es war unmöglich, sich zu drücken. Großmutter war unerbittlich. Wollte Ebba ihnen eine Freude machen, dann nahm man es dankend an und führte sich so nett auf, wie man nur konnte. Und damit basta.

Aber wie die Leute Ebba anstarrten, wenn sie in der Konditorei saßen! Sie sah wirklich wunderlich aus mit ihrem großen Hut. Er hatte einen dichten, dunkellila

Schleier, den sie über die Hutkrempe schlug, wenn sie ihren Kaffee in kleinen, vornehmen Schlucken trank. Wenn sie es wenigstens unterlassen hätte, ihre Umgebung durch ihr Lorgnette auf ihre hochmütige Art zu mustern!

„Das Publikum ist nicht mehr wie früher, viel einfacher", verkündete sie jedes Jahr mit, wie sie sich einbildete, diskret gesenkter Stimme. Doch sie übertönte das ganze wohlerzogene Gesumm um sich herum, was sie ja nicht ahnen konnte, die arme, taube Ebba. Sie war auch eine Meisterin im Fehlerfinden und konnte es einfach nicht lassen, barsche Kommentare zum Aussehen der Leute abzugeben, dem Make-up, der Frisur, Kleidung, Tischsitten, ja, zu deren Auftreten ganz allgemein. Es war unmöglich, sie abzulenken. Sie war ausgegangen, um einen Blick auf die Umwelt zu werfen. Und das tat sie, indem sie, angeregt wie sie war, ihre Meinung verkündete über all das Gewöhnliche, was sie sah.

Aber sie war auch nett. Andrea konnte so viel Torte und Kuchen in sich hineinstopfen, wie sie wollte.

„Jetzt nimm die Gelegenheit wahr", zischte Ebba Andrea ins Ohr. „Nächstes Jahr lebe ich vielleicht nicht mehr. Bestell dir noch ein Stück Torte."

Andrea saß da, gequält und pappsatt und undankbar. Und das Schlimmste stand noch bevor. Ebba mußte in ihren schwarzen Umhang gewandet werden – gefüttert mit smaragdgrüner Seide. Die Handschuhe mußten angezogen, die Tasche gefunden und ihr unter den Arm gesteckt werden. Dann mußte sie vorsichtig zwischen den vollbesetzten Tischen hinausgeführt werden, und die Leute glotzten ganz ungeniert oder taten so, als ob sie nichts sähen. Erst wenn Ebba wohlbehalten ins Taxi verfrachtet worden war, hatte die Pein ein Ende.

Sicher hat Großmutter dafür gesorgt, daß Andrea Ebba auf die Wange küßte und sich mit einem Knicks bedankte. Etwas anderes ist unvorstellbar.

Vielleicht kann sie den Ring doch ohne schlechtes Gewissen tragen. Kein Kind mag sich zusammen mit Personen zeigen, die Aufmerksamkeit und Staunen auf sich ziehen. Warum hätte Andrea da eine Ausnahme sein sollen? Und der Ring ist hübsch, ganz einfach bezaubernd. Niemand anders besitzt etwas Ähnliches. Stina behauptet, sie sei grün vor Neid.

Zwei Tage steckt der Ring am Finger, dann legt Andrea den Ring zurück in die Schachtel. Offiziell, weil er zu groß und lästig ist. In Wirklichkeit aber, weil sie den Gedanken an Ebba nicht los wird, wenn sie den Ring sieht.

Merkwürdigerweise hat Andrea, solange Ebba noch am Leben war, nie einen Gedanken an sie verwendet. Jetzt wird sie sie nicht los.

Tief in ihr drinnen sitzt ein Horrorbild. Wenn sie nun einmal selbst genauso entsetzlich alt und einsam und ungeliebt sein wird! Wenn sie die nächste Ebba wird. Vielleicht hat das was mit den Genen zu tun, wie die alberne Alice behauptet hat, und ist vorherbestimmt.

4

Wie immer dienstags geht Andrea nach der Schule zu Großmutter. Dort putzt sie drei Stunden lang gegen Bezahlung. Sie schuftet die ganze Zeit wie verrückt, so daß Großmutter wirklich den Gegenwert für das Geld bekommt.

Eigentlich müßte Großmutter die Wohnung wechseln, aber bis jetzt ist noch nichts daraus geworden. Die Wohnung ist zu groß für sie, ziemlich dunkel, und die Zimmer sind sehr hoch. Türen und Fensterrahmen sind erlesen verziert, überall gibt es Leisten und Täfelungen. Folglich liegt dicker Staub auf der weißen Farbe. Andrea gelingt es nie, ihn ganz zu beseitigen. Drei Stunden in der Woche sind zu wenig für alles, was getan werden müßte.

Großmutter steht hoch oben auf der Leiter, als Andrea kommt. Sie sucht im Anrichtezimmer nach etwas im oberen Schrankfach.

„Du mit deinem Rücken! Komm da sofort runter!" schimpft Andrea.

Andrea hat die Schreckensvorstellung, daß sie Großmutter eines Tages tot daliegen findet, nachdem sie es geschafft hat, alle Türschlösser und die Gittertür zu öffnen. Genauso schrecklich wäre es fast, wenn Großmutter bewußtlos oder verletzt daläge. Andrea hätte es am liebsten, wenn sie nur in ihrem bequemen Sessel säße und läse, so daß man ihrer immer sicher sein kann. Doch Großmutter flitzt immer noch in ihrem kleinen, blauen Auto im dicksten Feierabendverkehr herum und ist höchst aktiv. Was hat sie jetzt zum Beispiel auf der Leiter zu suchen? Wie leicht könnte sie runterfallen. Und niemand würde es hören, wenn ihr etwas passierte.

Ihr darf nichts Böses geschehen. Sie ist der feste Punkt in Andreas Leben, und sie ist es gewesen, solange Andrea sich erinnern kann. Ihr darf nichts Böses geschehen.

Andrea wäre es am liebsten, wenn sie nicht mehr älter würde, als sie jetzt ist. Das reicht. Andrea schließt die Augen vor den Runzeln in Großmutters Gesicht und tut so, als bemerkte sie nicht, daß ihre Schultern spitzer und die

Schlüsselbeine schärfer unter der Bluse hervortreten. Gegen den physischen Alterungsprozeß kann man nichts tun.

Aber senil darf sie nicht werden. Andrea stürzt sich auf sie wie ein Habicht, wenn sie mehrmals dieselbe Geschichte erzählt, Namen verwechselt oder Ereignisse durcheinanderbringt. Andrea hat beschlossen, daß Großmutter geistig hundertprozentig funktionieren soll.

Sie tauschen den Platz auf der Leiter. Jetzt steht Großmutter auf sicherem Boden, und Andrea wühlt in den Schrankfächern und wagt nicht, nach unten zu gucken. Sie kann die alten Karten, von denen Großmutter glaubt, daß sie da oben sein müssen, auch nicht finden. Aber Großmutter ist ganz gut darin, Sachen wegzupacken und dann zu vergessen, wo sie sie hingelegt hat.

„Hier gibt's bloß Kartons", sagt Andrea.

„Fühl mal dahinter nach."

Andrea tastet alle Seiten ab. Die Leiter schwankt ein wenig.

„Dann hab' ich sie wohl doch in den großen Karton gelegt", brummt Großmutter. „Hol ihn mal runter. Und die anderen sicherheitshalber auch."

Andrea schafft es, zwei Kartons herauszuheben, sie auf dem obersten Leitertritt abzustellen und dann vorsichtig zu Großmutter hinunterzureichen. Der dritte landet schräg auf dem Tritt, kippt und schüttet seinen Inhalt auf dem Fußboden aus.

Es ist unglaublich, wieviel in dem Karton Platz hatte. Bündel von alten Briefen, unzählige Fotografien, Zeitungsausschnitte, Theaterprogramme, Lebensmittelkarten aus dem ersten Weltkrieg, vom zweiten übrigens auch, Hochzeitstelegramme, schwarzgeränderte Trauerbriefe, mehrere verschiedene Siegel, eins mit Wappen. Und außerdem viel, viel Kleinkram.

Andrea wühlt begeistert in dem Durcheinander herum und hebt eine kleine Sparbüchse hoch. Die hat die Form einer Hundehütte. Ein Wachhund ist an einer dünnen Kette daran festgeleint.

„Toll", sagt Andrea. „Darf ich die haben?"

Großmutter, die sich auf einen Küchenstuhl hat sinken lassen, nickt ergeben.

„Das hätten wir Geschwister alles nach dem Tod unserer Mutter sortieren müssen. Aber es ist nie was draus geworden. Eigentlich müßte ich meinem Herzen einen Stoß geben und alles auf einmal verbrennen. Soweit ich weiß, sind das keine Kostbarkeiten."

Andrea protestiert empört, während sie die alten Fotos betrachtet. Viele müssen uralt sein und sind offenbar in Ateliers aufgenommen. Noch nie hat sie so steife Menschen mit so ausdruckslosen Gesichtern gesehen. Nicht ein Schatten, kaum eine Falte. Die Gesichter sind wie geglättet. Aber Großmutter weiß, wer wer ist. Sie kriegt rote Backen und ist ein bißchen gerührt. Das sind ihre Vorfahren, Menschen, die in der Mitte des letzten Jahrhunderts geboren wurden. Sie selbst hat sie kaum noch kennengelernt, bevor sie starben.

Andrea staunt darüber, daß die Kamera schon zu der Zeit erfunden war, doch Großmutter schüttelt nur den Kopf über sie. Für sie ist das neunzehnte Jahrhundert trotz allem fast wie gestern gewesen. Für Andrea ist es unendlich weit weg.

„Hier ist deine Ururgroßmutter", sagt Großmutter und hält Andrea eine bräunliche Fotografie hin.

Die Ururgroßmutter sitzt auf einem gepolsterten Stuhl, der so mit Fransen behängt ist, daß kein Holz zu sehen ist.

Ihre Seitenhaare sind kunstvoll zu dicken Locken auf dem Scheitel hochgesteckt, sie hat kurze Stirnfransen, und das andere Haar hängt ihr über den Rücken. Sie hat eine Stupsnase, die leise Andeutung eines Doppelkinns und sieht ein bißchen mürrisch aus. Aber ganz modern. Sie könnte irgendein Mädchen an der Kasse eines Supermarktes sein. Niemand würde ihr überhaupt einen Blick schenken – wenn sie die Kleider tauschen und ihre Frisur auskämmen würde. Sie trägt eine gutsitzende Kostümjacke mit plissierten Manschetten, darunter Spitzenkrause und Schleifchen bis zum Ellenbogen. Am Hals ein weißer Kragen und auch eine Schleife. Verlobungsring – gleichsam wie zufällig spreizt sie den Ringfinger der linken Hand ab, den sie auf die gepolsterte Armlehne gelegt hat. Das Bild wurde in Ystad in S.M. Marcus' Fotoatelier aufgenommen.

„Was hat sie da denn gemacht?" fragt Andrea erstaunt.

„Sich zur Verlobung fotografieren lassen, nehm' ich an. Sie war doch aus Schonen. Zu der Zeit war sie Gouvernante auf einem der großen Güter, ich hab' vergessen, auf welchem. Erst als sie heiratete, ist sie nach Stockholm gekommen."

Andrea hört zerstreut zu, während sie nach einem Foto vom Verlobten sucht. Aber von ihm gibt's keine Spur. Schon von Anfang an waren die Männer offenbar knapp in der Verwandtschaft.

„Sie war meine Großmutter und Ebbas Mutter", sagt die Großmutter und hält Andrea das Foto wieder hin.

„Ebbas Mutter!" sagt Andrea verwundert. „Komisch, ich hab' nie daran gedacht, daß sie ja auch eine Mutter gehabt haben muß."

„Und zwar nicht irgendeine Mutter. Sie war voll enormer Kräfte. Sie war stark. Von ihr haben die Frauen in unserer

Verwandtschaft ihre Stärke. Mit den Frauen väterlicherseits war nicht viel los. Die hatten's mit den Nerven und waren zimperlich."

Andrea wirft noch einen hastigen Blick auf Großmutters Großmutter. Sie sprüht nicht gerade vor Kraft. Damals hatte sie sich vielleicht noch nicht voll entfaltet. Sie sieht aus, als wäre sie nicht älter als fünfundzwanzig, sechsundzwanzig Jahre.

„Gibt es kein Bild von Ebba?" fragt Andrea. „Ich meine, als sie jung war?"

Es muß eins geben. Unter all diesen Fotos muß auch eins von Ebba sein. Großmutter sucht eifrig. Das ist Ebbas ältere Schwester Johanna. Junge Studentin, 1898.

„Das ist meine Mama", sagt Großmutter stolz. „War sie nicht hübsch? Und Studentin. Zu der Zeit gab's nicht viele."

„Und Ebba", sagt Andrea aufgeregt, denn für sie interessiert sie sich. Sie will mit eigenen Augen sehen, ob sie Ebba wirklich ähnlich sieht.

Aber so sehr sie auch suchen, sie finden kein Bild von Ebba. Sie ist nur hier und da mit auf einem Foto. Auf einem großen Gruppenfoto steht sie halbversteckt im Schatten eines Verandapfeilers. Man kann nur erkennen, daß sie Zöpfe und ein halblanges Baumwollkleid trägt. Ihrer Größe nach zu urteilen ist sie etwa zehn Jahre alt. Johanna steht neben ihr im vollen Licht, groß und dünn. Ihre Locken glänzen frisch gebürstet und reichen ihr fast bis zur Taille. Sie starrt geradeaus und scheint Ebba mit spitz angewinkeltem Ellenbogen auf Abstand zu halten. In der Mitte der Gruppe sitzt die Mutter hellgekleidet in einem Korbstuhl. Das Kleid ist hochgeschlossen, und sie hält ein zappelndes Baby auf dem Arm. Die kleinen Füße in Lederschuhen sind ganz verschwommen. Die Mutter schaut ernst in die Kamera. Gegen ihre Knie lehnt sich Björn, der einzige Sohn. Er trägt einen kleiderähnlichen Kittel und ist vielleicht vier, fünf Jahre alt. Das Gesicht ist so ausdruckslos, daß es einem ausgeblasenen Ei gleicht. Man kann sich zusammenreimen, daß der Fotograf ihn dort mit sanfter Gewalt hingestellt hat, denn seine Haltung wirkt unnatürlich und unbequem.

Hinter dem Korbstuhl, eine Hand auf der Schulter seiner Frau und den Kopf leicht zum Baby hinuntergeneigt, steht der Familienvater. Er ist würdevoll, das kann man nicht anders sagen. Aber in seinem einen Mundwinkel ist noch ein kleines Lächeln zu ahnen, wie er zum Baby hinunterschaut.

„Das ist Floh, sein Liebling", sagt Großmutter und zeigt auf das Baby.

„Hier ist sie, die glückliche Familie, auf der Veranda des Sommerhauses versammelt. Hier siehst du deine Ururgroßmutter und deinen Ururgroßvater im Kreis der ihren. Mein ganzes Leben lang hab' ich mir anhören müssen, wie glücklich und dankbar die Kinder waren, daß sie in so einem Heim aufwachsen durften. Als Ebba das letztemal noch einigermaßen klar war, sprach sie von Mamachen und Papachen. Mit einer solchen Zärtlichkeit. Kein Bettler, der an ihre Tür kam, ging mit leeren Händen davon, sagte sie. Daran erinnere ich mich besonders. So eine Kindheit und solche Eltern haben nicht viele gehabt, das haben sie oft beteuert, Ebba und der Floh. Björn natürlich auch, aber Männer verlieren sich nicht auf diese Weise in gefühlsbetonten Erinnerungen."

„Und Johanna, deine Mama, was hat sie erzählt?" fragt Andrea.

„Sie war eher reserviert. Wenn man was erfahren wollte, mußte man Floh fragen. Oder Ebba. Aber Johanna hat ihre

Eltern, solange sie lebten, jeden Tag besucht. So stark war ihr Zusammengehörigkeitsgefühl. Als Großmutter starb, wollte Großvater auch nicht mehr leben. Er legte sich ins Bett, und eine Woche später war er auch tot. Zwischen ihnen war eine Liebe, die hielt ihr Leben lang. Außerdem waren sie davon überzeugt, daß sie sich auf der anderen Seite wiedersehen würden."

Andrea betrachtet das Bild, während sie Großmutter zuhört. Sie ist ein bißchen enttäuscht, daß alle so normal aussehen. Sie strahlen nicht vor Glück, sie scheinen sich eher belästigt zu fühlen durch das Fotografiertwerden. Der einzige, der ein bißchen lebendig aussieht, ist der Ururgroßvater. Er sieht nett aus unter seinem hellen Hut.

Lebenslang währende Liebe. Das klingt so ergreifend, daß Andrea wütend wird. Die Liebe ihrer eigenen Eltern hat nicht mal siebzehn Jahre gehalten. Sie haben keine Lust, einander in den Tod zu folgen. Sie kommen großartig ohne einander klar. Besonders Mama. Mit Papa ist es ein bißchen anders.

„Man hätte Ende des neunzehnten Jahrhunderts leben sollen. Dann hätte man eine schöne Kindheit gehabt", sagt Andrea seufzend.

Großmutter erwacht jäh aus ihrer Nostalgie.

„Das bildest du dir bloß ein", faucht sie. „Natürlich war es ein wunderbares Zuhause. Die Kinder haben es ihr Leben lang in einem verklärten Licht gesehen, außer Mama vielleicht. Sie hatte keine Anlagen für übertriebene Schwärmerei. Aber du mußt wissen, daß sich diese wunderbare Innerlichkeit und liebevolle Zuwendung zwischen Eltern und Kindern in den sogenannten bürgerlichen Kreisen einfach gehörte. Man hatte einander zu lieben. So war das. Die Mutter war das Herz der Familie, der Vater, der rechtschaffene und dennoch zärtliche Versorger, die Kinder waren zum Freuen da und Gaben Gottes. Aber nicht genug damit. Sie mußten so erzogen werden, daß sie Anlaß zu noch größerer Freude waren. Auf ihnen lastete ein Druck, man setzte große Erwartung in sie. Natürlich besonders in die Jungen. Sie sollten auf der sozialen Leiter möglichst noch eine Treppenstufe höher steigen als der Vater. Von den Mädchen wurde nicht genausoviel erwartet, nur daß sie liebenswert und wohlerzogen waren, damit man sie so gut wie möglich verheiraten konnte. Der Frauenüberschuß jedoch war groß und das Angebot gutsituierter junger Männer begrenzt. Alle konnten nicht heiraten. Viele blieben ihr Leben lang ‚Mädchen'. Nur wenige Väter waren bereit, Geld in die Ausbildung von Töchtern zu stecken. Nur die willensstarken und unternehmungslustigen Mädchen wurden berufstätige Frauen, die auch Spaß daran hatten. Die anderen wurden notgedrungen berufstätig. Aber Johannas Eltern waren anders. Sie waren ehrgeizig, was das betraf. Allein, daß sie sie darin bestärkten, das Abitur zu machen! Aber der Traum vom Glück war für die Frau natürlich Mann, Heim und Kinder. Du wärst verrückt geworden", fügt Großmutter nüchtern hinzu.

Andrea denkt darüber nach und wägt die heutige gegen die vergangene Zeit ab.

„Jedenfalls hatten sie kein Aids", sagt sie. „Sie brauchten nicht aufzupassen und mußten nicht die ganze Zeit sachlich und praktisch denken. Sie konnten sich wenigstens ein bißchen Romantik leisten."

Großmutter wirft ihr einen Blick über die Brillengläser zu.

„Es gab weder die Pille noch Abtreibung. Die mußten erst recht aufpassen. Das heißt, die Mädchen."

„Guck mich doch nicht so an", sagt Andrea. „Das ist kein Thema. Du brauchst dir keine Sorgen zu machen. Ich bin im Augenblick nicht verliebt."

Großmutter verzieht keine Miene.

„Damals gab es etwas, das hieß Syphilis", fährt sie fort. „Die größte Volkskrankheit gleich nach der Tuberkulose. Syphilis kam in jeder Gesellschaftsschicht vor, aber man sprach nicht darüber. Wie hätte man etwas so Widerwärtiges und Häßliches benennen können, wo man sogar Stuhl- und Tischbeine hinter Fransen und Tüchern verbarg, damit die Gedanken nur nicht verführt wurden, auf Abwege zu geraten."

„Fand man Sex damals wirklich so merkwürdig?"

„Wie soll ich wissen, was sie im tiefsten Innern empfanden", antwortet Großmutter ein bißchen überrumpelt. „Es war eine Zeit der Doppelmoral. Stark überhöhte Gefühle, dazwischen niedriges Begehren. Wenn man nur den Schein wahrte, konnte man im Geheimen treiben, was einem gefiel. Besonders, wenn man ein Mann war."

Damit meinte sie natürlich nicht, daß ihr Großvater ein wildes Leben mit leichten Frauenzimmern geführt hatte. Er war Vorbild des Guten und zutiefst christlich.

Aber alle Zeiten haben ihre Ideale und ihren Glauben daran, wie man leben soll. Andreas Mama zum Beispiel ist der Vorstellung ihrer Zeit gefolgt und hat alles auf sich selbst und ihre Karriere gesetzt.

„Sie verwirklicht sich selbst", sagt Großmutter mit bitterer Ironie.

Andrea wirft ihr einen bösen Blick zu. Obwohl sie wütend ist auf ihre Mama, erträgt sie es nicht, wenn andere sie angreifen.

„Mama hat gewartet, bis ich sechzehn war. Dann ist man erwachsen. Mehr oder weniger jedenfalls."

Aber es ärgert sie, wenn ihre Mama nur dem Strom der Zeit gefolgt ist und nur das getan hat, was andere Frauen auch tun. Nicht die Mode sollte das Leben und Denken bestimmen, so wie sie Kleidung und Wohnungseinrichtung bestimmt. Wenn das, was gestern richtig war, heute falsch ist, und das, was heute selbstverständlich ist, morgen ein höhnisches Lachen herausfordert, wie soll man dann wissen, welche Normen wirklich gelten? Dann hat ja nichts mehr seine Ordnung.

Vielleicht fühlt sie sich deswegen so vom Lagerbladschen Haus angezogen. Dort gab es keinen Zweifel daran, was falsch war, denn das stand in der Bibel. Und die wurde gelesen. Morgens und abends wurden Hausandachten gehalten. Man war vertraut mit Gottes Wort, und das Bibellesen hatte so etwas Gemütliches. Aber wenn Andreas Papa plötzlich die Bibel vorgeholt und angefangen hätte, laut vorzulesen, dann wäre es nur peinlich gewesen.

„Gibt es wirklich kein gutes Foto von Ebba?" fragt Andrea irritiert und gräbt weiter in dem Haufen Bilder.

Es scheint hoffnungslos zu sein. Wenn Ebba mit auf einem Foto ist, ist sie entweder verdeckt oder dreht dem Fotografen den Rücken zu. Wie auf dem Bild, das Großmutter Andrea gerade hinhält. Es ist auf einem Fest gemacht, und Ebba prostet dem Gefeierten zu, aber man sieht von ihr nur die aufgesteckten Haare von hinten und das Kleid, das auf dem Rücken geknöpft ist. Und auf dem nächsten hat sie einen riesigen Sonnenhut auf, der das Gesicht und die Hälfte der Bluse verschattet. Das Gesicht ist so dunkel, daß sie ebensogut eine Farbige hätte sein können. Unter dem Hut sieht sie wohlgenährt aus, fast füllig. Der Rockbund schnürt die Taille ein. Ein dicker Zopf hängt über die helle Schulter. Daraus schließt Andrea, daß sie noch ein Schulkind ist.

Es scheint unmöglich, ein gutes Bild zu finden, auf dem Ebba etwa in Andreas Alter ist. Mittelalt und halbalt und sogar ganz und gar alt gibt es sie in vielen Auflagen, aber das interessiert Andrea nicht.

Jedenfalls gibt es ein Kinderfoto von Ebba. Es ist in einem Atelier aufgenommen worden. Sie sitzt auf einem kleinen Sockel mit vielen Ornamenten. Auf so etwas stellen die Leute heutzutage ihre Grünpflanzen.

Die Füße in kleinen Lederschuhen mit drei Knöpfen an der Seite ruhen auf einer Bank, die wie ein Halbmond geformt ist. Sie hat dicke Backen, eine kurze, gerade Nase, und der kleine Schmollmund ist halb geöffnet. Der Gesichtsausdruck ist mißtrauisch abwartend. Das Haar fällt ihr in dicken Locken über die Schultern. Über der Stirn ist es zu einem kurzen Pony geschnitten.

Sie trägt ein helles Kleid mit dunklen, flachen Schleifen an den Ärmeln gleich über dem Ellenbogen, nicht ganz unähnlich den Schleifen, die die Ärmel ihrer Mama auf dem Verlobungsbild schmücken. Um den Hals hat sie irgend was Rüschenartiges geschlungen. Die Strümpfe sind gestreift und sehen ganz modern aus.

Sie hält einen kleinen, leeren Korb im Arm. Die Korbform erinnert Andrea an die Blumenkörbe, die früher, als sie klein war, auf ihren Glanzbildern waren und die sie wunderhübsch fand.

Ebba ist sehr knubbelig und könnte etwa fünf, sechs Jahre alt sein.

Sie ist unwiderstehlich.

Als Andrea nach Hause geht, hat sie das Bild und die Sparbüchse dabei. Sie hat es eilig, denn sie will sofort etwas nachprüfen.

5

Als Einzelkind hat Andrea natürlich eine genau dokumentierte Kindheit in Fotoalben. Das Bild, das sie sucht, ist im vierten Album. Sie nimmt es vorsichtig heraus und legt es auf den Schreibtisch neben Ebbas Foto.

Dann setzt sie sich und studierte beide Bilder.

Die Ähnlichkeit ist auffallend. Aber die meisten dicken Kinder sehen sich ähnlich, denkt sie. Mehr oder weniger jedenfalls.

Sie mustert und vergleicht. Sie hat nicht so lockige Haare wie Ebba, aber genauso helles und dickes Haar. Einen Pony hat sie auch, aber zum Glück nicht so kurzgeschnitten. Der Gesichtsausdruck ist fast identisch. Abwartendes Mißtrauen, als ob beide dem Fotografen mißtrauten. Weiter: kleine Nasen, dicke Backen, Schmollmünder.

Andrea sitzt natürlich nicht in ihrem Sonntagskleid auf einem Sockel, sondern auf einer Schaukel. Sie trägt ein gestreiftes Hemd und blaue Shorts. Aber ihre nackten braunen Füße hält sie genauso gekreuzt wie Ebba.

Sie sind einander sehr ähnlich, aber was Andrea bei Ebba unwiderstehlich fand, findet sie an sich selbst abstoßend. Sie hat vergessen, daß sie jemals so ein vollgefressener kleiner Pummel gewesen ist. Plötzlich ist sie voller Zorn gegen Mama, die sie so hat werden lassen. Es kann doch nicht so schwer sein, dafür zu sorgen, daß ein Kind gerade das richtige Gewicht hat.

Wieviel Elend wäre ihr erspart geblieben, wenn jemand auf sie geachtet hätte. Der Kampf gegen das Fett ist lang und ungleich gewesen. Und noch nicht vorbei. Alles, was gut schmeckt, hat die Eigenschaft, sich an ihr in Form von Fett festzusetzen.

Es könnte natürlich auch so sein, daß sie und Ebba in den Genen die Anlage zum Dicksein haben. Bestimmt ist es wieder die Stärke des Lagerbladschen, die sich hier zeigt.

Aber Ebba hat wahrscheinlich nicht darunter gelitten. Früher mußten die Mädchen Formen haben. Da ist Andrea ganz sicher. Runde Arme und voller Busen, aber den Bauch im Korsett eingeschnürt. Die glückliche Ebba brauchte sich nie einen kleinen Anfall von Magersucht, von Anorexia zu wünschen.

Sie brauchte sich überhaupt nichts zu wünschen. Sie war ja so glücklich aufgewachsen.

Aber so ganz stimmt das auch nicht. In Wirklichkeit hat Ebba nie auf einem Sockel gesessen. Sie war das mittlere Mädchen, das dadurch irgendwie in die Klemme geraten ist. So hat Großmutter es erzählt. Johanna, die das Abitur machte und später Großmutters Mutter wurde, ist viel interessanter gewesen. Und Björn, der einige Jahre jünger als Ebba war, war der interessanteste, denn er war ein Junge. Er war es, der die Eltern stolz machen mußte. Und dann war da noch der Nachzügler, Floh. Auf ihr lasteten überhaupt keine Erwartungen. Sie war genau richtig, wie sie war, klein und witzig. Geliebt.

Nun möchte Andrea wissen, wie es wirklich gewesen ist. Sie bereut es, daß sie Ebba nie ausgefragt hat, solange es noch Zeit war. Bis vor einigen Jahren war Ebba noch ganz klar im Kopf gewesen, wenn auch das Kurzzeitgedächtnis nachließ. An die Kindheit hat sie sich erinnert, sagte Großmutter. Aber zu der Zeit hatte Andrea keine Lust, sie irgendwas zu fragen. Da dachte sie nur an Pferde.

Es gibt ein paar Geschichten, die Andrea gern mit Ebba überprüft hätte. Die mit dem alten Mann zum Beispiel, der das Holz brachte. Für ein Einzelkind wie Andrea ist es fast unbegreiflich, wie Geschwister so grausam sein können. Für Johanna ist das offenbar kein Problem gewesen. Und ihre einzige Entschuldigung hinterher war, daß sie sich über Ebba geärgert hatte und es überhaupt satt hatte, sie dauernd mitschleppen zu müssen, wenn sie mit ihren eigenen Freundinnen allein sein wollte.

Jedenfalls redete sie Ebba ein, sie sei ein armes Pflegekind, das von der Familie aus Barmherzigkeit aufgenommen worden war. In Wirklichkeit, sagte Johanna, sei sie eines der unzähligen, rotznasigen Gören vom armen Holzmann. Und Ebba glaubte ihr. Jedes Wort. Hatten die Eltern nicht Mitleid mit allen Armen und Elenden, und übten sie nicht jeden Tag Wohltätigkeit aus? Und vor allen Dingen: Leuchtete nicht das Gesicht von diesem schrecklichen, alten Holzmann jedesmal auf, wenn er Ebba sah? Mein kleiner blondlockiger Engel, sagte er und hob sie auf die Holzladung. Die anderen Geschwister bekamen keinen Blick von ihm, nicht mal Floh, die wirklich für ihr Leben gern eine Fahrt auf der Holzladung gemacht hätte. Ebba fand es schrecklich. Sie haßte den alten Mann, weil er häßlich und arm war und weil er schlecht roch.

Aber sie zweifelte nicht daran, daß er ihr Vater war. Ihr schien es, als merke man es an allem. Sie war eine Außenseiterin und nicht so geliebt wie die anderen. Sie zählte ihre Weihnachtsgeschenke und verglich sie mit denen ihrer Geschwister. Sie zählte ihre Geburtstagsgeschenke und verglich sie mit denen der anderen. Immer fand sie, sie bekäme am wenigsten und das Häßlichste, und sie weinte vor Enttäuschung. Dann kehrte sich alles ins Gegenteil um. Sie bekam das meiste, und die anderen hatten ihre Ruhe. Aber das war auch nicht gut. Es machte sie mißtrauisch. Versuchten die Eltern sich ein gutes Gewissen zu erkaufen, weil sie Ebba nicht genausosehr liebten wie die eigenen Kinder?

Andrea hatte keine Ahnung, wie viele Jahre das so ging. Sie war geneigt, Verständnis für Johanna zu haben, die, als die Sache aufgedeckt wurde, schrie: „Wie hätte ich denn ahnen sollen, daß das Gör so bescheuert ist und es glaubt?"

Denn wie hatte Ebba die Geschichte nur glauben können? Andrea versteht es nicht. Ebba hätte ja nur einen Blick in den Spiegel werfen müssen, um zu sehen, daß sie und Johanna einander ähnlich waren wie ein Ei dem anderen. Blond, blaue Augen und große Münder. Die Kinder vom Holzmann sollen dunkelhaarig, braunäugig und kleinwüchsig gewesen sein.

Außerdem bekamen die Lagerblad-Kinder immer zu hören, daß sie einander sehr ähnlich seien, in der Schule und in der Bekanntschaft.

Vielleicht ist die Sache mit dem Holzmann die Erklärung dafür, warum Ebba so wurde, wie sie war. Sie war auf eine unbestimmte Weise schwächlich und zerbrechlich. Das weiß Andrea. Alle fanden es erstaunlich, daß Ebba, die in ihrer Jugend so kränklich und schwach gewesen war, so unerhört alt wurde.

Sie war schwach und nicht belastbar. Oft hatte sie Ohren- und Magenschmerzen. Dazwischen wurde sie immerzu von furchtbarem Kopfweh gepeinigt. Sie durfte sich nicht anstrengen. Ihr durfte nicht kalt, aber auch nicht allzu warm werden. Ihr Leben lang mußte sie sich mit allergrößter Vorsicht ernähren, um ihren Magen zu schonen.

Sie war verhätschelt und selbstsüchtig, denkt Andrea.

Aber dann fällt ihr ein, was sie mit eigenen Augen gesehen hat. Ebba war gefühlvoll, um nicht zu sagen sentimental. Ihre Augen liefen leicht über, wenn sie von Mamachen und Papachen sprach. Und Onkelchen nicht zu vergessen. – Wer das nur gewesen sein mag?

Die Augen liefen ihr auch über, wenn sie vaterländische Lieder oder Kirchenlieder hörte oder das erfuhr, was man normale mitmenschliche Fürsorge unter Verwandten und Freunden nennen konnte. Bot man ihr einen Cognac zum Kaffee an – und das hatte sie sehr gern –, wurde sie zuerst unerhört freigebig, und dann bekam sie Tränen in die Augen. Sie brauchte nur am Glas zu nippen, schon zog sie sich ein Armband oder einen Ring ab und steckte den jeweiligen Gegenstand Großmutter oder einer der alten Tanten zu. In Andreas Erinnerung war ihr Schmuckkästchen unerschöpflich. Es glitzerte und blitzte wie ein verborgener Schatz.

„Aber manches war nur billiger Tand", sagte Großmutter. „Hauptsache, die Glaskuller glänzten. Sie war sicher, daß niemand auf die Idee kommen könnte, sie trüge etwas anderes als echte Juwelen."

Andrea vergleicht wieder das Foto von der kleinen Ebba mit ihrem eigenen.

Sie sind einander ähnlich. Das ist nicht zu übersehen. Aber damit hat die Ähnlichkeit hoffentlich ein Ende. Doch sie haben andere Gemeinsamkeiten.

Rein geographisch sind sie fast an derselben Stelle aufgewachsen. Ebba ist nur ein Stück entfernt von Andrea geboren worden. Über hundert Jahre hat die Familie ihre Wurzeln im selben Stadtteil. Ebba und Andrea sind in den selben Straßen herumgelaufen und sind auf den selben Wegen radgefahren. Beide haben dieselbe unausrottbare Angst vor betrunkenen Männern.

Wenn man den Lauf der Zeit betrachtet, ist es nur wie ein kleiner Nieser. Das meiste ist sich gleichgeblieben. Nur die Technik hat das Dasein häßlicher und schmutziger, aber gleichzeitig bequemer gemacht.

Elektrische Beleuchtung anstelle von Petroleumlampen und Gaslaternen. Zentralheizung anstelle von knisterndem Feuer im Kachelofen. Jeans anstelle von dunkelblauen Cheviotröcken. Haushaltsmaschinen anstelle von flinken Dienstmädchen in der Küche. Autos anstelle von Pferd und Wagen. Und so weiter, und so weiter.

6

Das Bild von der knubbeligen Ebba steckt Andrea an ihrer Pinntafel fest. Die kleine Sparbüchse stellt sie auf den Schreibtisch. Da steht sie nun, schwarzblau vom Alter und ungepflegt. Andrea muß ein Putzmittel holen und sie behandeln. Da beginnt sie zu glänzen, als wäre sie aus reinstem Silber. Aber am Stempel sieht Andrea, daß es nur Neusilber ist.

Sie hat selbstverständlich angenommen, daß die Sparbüchse leer ist. Das sind Sparbüchsen doch immer. Und es klirren auch keine Münzen darin. Aber trotzdem. Man kann ja nie wissen! Versuchsweise steckt sie eine Nagelfeile durch den Schlitz im Dach der Hundehütte. Es fühlt sich an, als stoße sie auf etwas Weiches. Ganz leer ist die Sparbüchse also nicht. Geldscheine, denkt Andrea hoffnungsvoll.

Der Schlüssel ist natürlich verschwunden. Das Schloß ist über dem Kopf des Hundes, von dem nur Vorderbeine,

Brust, Hals und Kopf zu sehen sind. Der Rest wäre drinnen in der Hütte, wenn es ihn gegeben hätte. Andrea stochert mit einer Pinzette im Schloß herum. Aber das bringt nichts. Ungeduldig fuhrwerkt sie mit der Nagelschere herum, und das war der Trick. Das Schloß läßt sich öffnen. Sie kann das Dach abheben.

Natürlich ist nicht ein einziger Geldschein in der Sparbüchse, nur ein mehrmals zusammengefaltetes Stück Papier. Erwartungsvoll wickelt sie es auf, überzeugt, daß dieser Fund einen Sinn hat. Etwas, das ihr den Anstoß in die richtige Richtung geben wird, damit sie endlich ihr Leben einigermaßen in Ordnung bringen kann. Danach sehnt sie sich, das erhofft sie. Unglücklich, schreibt sie oft in ihr Tagebuch. Nur das eine Wort, nicht mehr. Das sagt ja auch alles.

Aber wenn das Papier eine Botschaft für sie aus einer verschwundenen Welt ist, dann wird sie ihr verborgen bleiben. Offenbar ist es eine wichtige Botschaft, allerdings an jemand anders.

Angebetete E.!

Auf S. S. ist kein Verlaß. Geh nicht hin. Sei auf der Hut. Warte am üblichen Ort, Mittw., 5 Uhr, falls nicht, Donnerstag, 6 Uhr. Sei mein tapferes Mädchen.

Dein für ewig. C.

Andrea zweifelt keinen Augenblick daran, daß die *angebetete E.* Ebba sein muß. Wer könnte es sonst sein? Ihr Name ist der einzige in der ganzen Familie, der mit E anfängt. Alle anderen heißen Anna oder Johanna oder etwa Andrea wie sie selbst. Und sie hätte lieber Anna geheißen. Das ist hübsch. Andrea ist nur ein verstümmelter Jungenname.

Angebetete E. Andrea schmeckt den Worten nach. Kein Zweifel: Hier handelt es sich um Liebe. Liebe und Zärtlichkeit. *Sei mein tapferes Mädchen!* Sagt man so was heute noch? Das kann sie sich nicht vorstellen, und eigentlich ist das traurig. Es klingt so nett und aufmunternd. *Sei mein tapferes Mädchen!*

Weinte die *angebetete E.* jemals an der Schulter von *Dein für ewig. C.* und wurde getröstet? Das würde zum Bild passen. Ebba war schwach und kränklich. Aber traute sie sich hinaus zu geheimen Rendezvous? Offenbar ja.

Andrea fühlt sich plötzlich belebt und aktiv. Sie will mehr wissen über E. und C. Das muß ja wohl der Sinn dieses unerwarteten Fangs sein. Wer hätte sich auch träumen lassen können, daß etwas so Wichtiges und Enthüllendes in einer alten Sparbüchse steckt?

Andrea überlegt, wie das Briefchen dorthin geraten sein könnte. Hat Ebba es hineingesteckt, weil sie es nicht übers Herz brachte, das Briefchen im Kachelofen zu verbrennen? Und wenn es nun Ebbas Sparbüchse gewesen ist, wie konnte sie oben im Schrank in Großmutters Karton landen? Aber vielleicht ist das gar nicht so verwunderlich. Großmutter hat sich ja um Ebbas Sachen gekümmert, als sie ins Pflegeheim kam. Wie es auch gewesen sein mag, es ist sinnlos, länger darüber nachzugrübeln. Gegenstände haben merkwürdige Schicksale. Jetzt ist jedenfalls der alte Glanz der Sparbüchse wiederhergestellt, und sie wird bis zum Ende aller Tage auf dem Schreibtisch stehen. Andrea fährt fast zärtlich mit dem Finger über den Dachfirst. Sie hat die Sparbüchse gern.

Dann untersucht sie das Briefchen. Es ist kein richtiges Briefpapier, eher eine Seite, die aus einem Notizbuch oder so was gerissen wurde, und in der Eile ist sie ein bißchen schief abgerissen. Das Papier ist vergilbt, und die Faltstellen sind so scharf, als wären sie gebügelt. Andrea würde schwören, daß dieses Briefchen nicht mehr entfaltet wurde, seit Ebba es nach dem letzten Lesen zusammengefaltet hatte. Andrea überlegt, ob Ebba es auch geküßt hat, vielleicht an der Stelle von *Dein für ewig. C.*

Sie versucht, von der Handschrift auf das Alter dieses C. zu schließen. Daß er zum männlichen Geschlecht gehört, scheint ihr selbstverständlich zu sein. Aber wie alt? Früher haben die Leute so schön geschrieben, daß es schwer zu bestimmen ist. C. schreibt gleichmäßig und gerade. Das ist keine Schuljungenklaue. Wenn er noch nicht erwachsen war, war er vielleicht Gymnasiast. Das Papier hat jedenfalls keine feine Qualität, und der Ton in der Nachricht wirkt jung. Erwachsene haben solche Geheimnisse nicht.

Nachdenklich legt Andrea den Brief zurück in die Sparbüchse. Der Kontakt zur Vergangenheit ist abgerissen. Zurückgeblieben ist nur ein unbestimmtes Neidgefühl. Wie hatte Ebba, die so beschützt und bewacht war, es geschafft, im neunzehnten Jahrhundert eine Liebesgeschichte zu erleben? Andrea ist frei wie ein Vogel und kann machen, was sie will. Aber einen *Ewig Dein* hat sie nicht.

Mit ihren Genen scheint irgend etwas nicht zu stimmen. Sie sind nicht so unternehmungslustig wie Ebbas. Aus irgendeinem Grund gibt sie Papa die Schuld. Bis jetzt hat sie sich nur mit dem Erbe mütterlicherseits identifiziert, daß sie auch ein Erbe väterlicherseits hat, hat sie ganz vergessen.

„Warum hast du mich Andrea taufen lassen?" fragt sie Papa beim Mittagessen. „Das hast du doch wohl nicht schön gefunden? Es ist der häßlichste Name, den ich kenne."

„Du weißt doch, daß du nach meinem Vater heißt", sagt er erstaunt. „Was ist denn daran so schlimm?"

Das hatte sie ganz vergessen. Aber das reizt sie um so mehr. Sie will nicht nach seinem toten Vater heißen, einem alten Mann, den sie nicht mal gekannt hat. Einer, von dem Papa nie redet. Wie er auch nie über seine Mutter spricht. Sie ist genauso tot. Papas Familie ist kurzlebig.

„Warum erzählst du nie was von deinen Eltern?" fragt sie. „Ich weiß überhaupt nichts über sie. War irgend was nicht in Ordnung? Schämst du dich vielleicht?"

„Mit denen war alles in Ordnung", antwortet er ziemlich scharf. „Ich denk' oft an sie, und ich werde dir gerne von ihnen erzählen, ein andermal. Falls du dich dann immer noch dafür interessierst. Ich muß jetzt los."

Es ist der Abend im Monat, an dem er Bridge mit den „Jungs" spielt. Und wenn sie erst mal losgelassen sind, kann alles Mögliche passieren. Dann haben sie keine Hemmungen mehr. Deswegen wirft Andrea ihm einen eiskalt warnenden Blick zu.

„Sieh zu, daß du nüchtern nach Hause kommst", sagt sie.

Es tut ihr schon leid, ehe sie den Satz zu Ende gesprochen hat.

Papa tut so, als hätte er es nicht gehört, aber seinem Rücken ist anzusehen, daß er ärgerlich und verletzt ist. Ihr kommt es sogar so vor, als ob die Wohnungstür mit einem beleidigten Geräusch zufällt, als er sie hinter sich schließt.

Da ist sie also mal wieder blöde gewesen. Blöde und taktlos. Ohne Verständnis dafür, daß er es braucht, Leute zu treffen, um zu vergessen. Daß er es genauso schwer hat wie sie. Wenn nicht noch schwerer. Aber das kann sie sich eigentlich nicht vorstellen. Erwachsene sind abgehärteter. Jugendliche leiden mehr.

Und als sie jetzt ganz allein zu Hause und plötzlich verzweifelt ist, gibt sie der Versuchung nach wie so viele Male vorher. Sie setzt sich an den Küchentisch und nimmt das Telefonbuch. Sie kennt die Nummer zwar auswendig, aber sie will ganz sichergehen. Sie zögert einen Augenblick, ehe sie die Nummer wählt. Und obwohl es so weit weg ist, ertönt das Freizeichen viel schneller, als sie erwartet hat. Da legt sie schnell den Hörer auf und wird nie erfahren, ob sich am anderen Ende, weit weg, jemand gemeldet hat.

Lange sitzt sie da, starrt das Telefon an und kämpft mit den Tränen. Das macht sie ja alles nur, weil sie sich so wegen Papa sorgt.

Schließlich ist Andrea nahezu überzeugt, daß es so ist.

Sie will nicht, daß er betrunken nach Hause kommt. Sie haßt ihn, wenn er diesen glasigen Blick kriegt und aufgedunsen und starr um die Lippen ist. Es ist schon vorgekommen, daß sie ihm ins Bett helfen mußte. Zwar nur zweimal, aber immerhin. Sie möchte es nicht noch einmal erleben, daß er albern lallt wie ein Dreijähriger. Sie will nicht seine Mama sein, ihm die Schuhe und Hosen ausziehen und ihn zudecken.

Er ist der Erwachsene, und sie ist das Kind. Getauschte Rollen sind für beide erniedrigend. Der Morgen danach ist fast unerträglich. Ihre Verachtung und seine ausweichende, gedemütigte Haltung.

Aber eines muß zu seiner Verteidigung gesagt werden. Wenn er Alkohol getrunken hat, wird er auf eine freundliche Art albern, niemals bösartig oder laut. Zum Glück kommt er auch nie sternhagelvoll nach Hause, wenn er mit den „Jungs" zusammen war. Nüchtern ist er hinterher nie, aber manchmal merkt man nicht soviel. Jedenfalls sitzt er am nächsten Morgen immer ganz munter und frisch geduscht am Frühstückstisch und gibt damit an, er wäre schon eine Runde im Wäldchen gejoggt. Meistens sagt

Andrea nichts und tut so, als ob sie ihn nachts nicht in sein Zimmer hätte stolpern hören. Aber sie ist auch nur ein Mensch. Hin und wieder stichelt sie, das kann sie sich nicht verkneifen, und das kränkt Papa furchtbar, und er tut so, als verstände er gar nichts.

Probleme mit Alkohol? Er? Findet sie, er sieht so aus? Würde er seinen Job schaffen, wenn er Alkoholiker wäre? Er kann sich vor Aufträgen nicht retten. Um das alles zu schaffen, muß er sich mal an einem Abend entspannen. Aber er weiß, was er tut. Sie kann ruhig aufhören, ihn zu gängeln. Wenn er es geschafft hat, ein Leben lang mit Alkohol umzugehen, dann schafft er es jetzt auch. Er hat es nicht nötig, sich wie ein Verlorener behandeln zu lassen, nur weil er sich mal einen Abend unter Freunden gegönnt hat. Wenn sie sich nicht in acht nimmt, wird sie noch eine Spielverderberin in höchster Potenz.

Wenn er auf diese Weise herumargumentiert, hat man den Eindruck, er sei vernünftig und tolerant und sie diejenige, die egoistisch und bösartig ist.

Aber das stimmt nicht. Er hätte ruhig zugeben können, daß er zuviel trinkt. Nicht nur zusammen mit den „Jungs". Überhaupt. Aber das traut sie sich nicht zu sagen, wenn er so frisch geduscht und gepflegt mit dem Saftglas in der Hand vor ihr sitzt. Er wird wütend, wenn sie ihn beschuldigt, Alkoholiker zu sein.

Aber das ist man, wenn man jeden Tag einen Drink braucht. Das hat sie in der Schule gelernt. Dann ist man vom Alkohol abhängig. Und man wehrt sich bis zum letzten, es zuzugeben. Das hat sie auch gelernt. Sie hat furchtbare Angst, Papa könnte ein richtiger Säufer werden, der nur noch in seinem Bett liegt, umgeben von leeren Flaschen.

Einmal hat sie versucht, ihm von ihrer Angst zu erzählen. Da hat er erst gelacht, sie dann in die Arme genommen und getröstet. Was auch immer passierte, sie könnte sich auf ihn verlassen, hat er gesagt. Aber daran glaubt sie nicht. Nicht, wenn er sich mit den „Jungs" treffen will.

Über dieses Problem kann Andrea mit niemandem reden. Großmutter würde ihr nicht glauben. Und wenn sie es glaubte, würde sie der Schlag treffen. Und mit Großmutter muß man behutsam umgehen.

Mit Freundinnen kann sie auch nicht reden, nicht mal mit Stina. Man kann Witze reißen über seine Eltern und sich über ihre Fehler und Macken lustig machen, aber man stellt sie nicht einfach bloß. Sie bringt es nicht mal über sich, das in ihr Tagebuch zu schreiben. <u>Unglücklich</u>, damit ist es gesagt. Wie vieles andere.

Allerdings schreibt sie lange Briefe an Mama, in denen sie erzählt, wie ekelhaft Papa ist, wenn er betrunken ist. Sie geizt nicht mit Einzelheiten. Mama geschieht es nur recht, wenn sie erfährt, in was für einer miesen Situation Andrea ist.

Die Briefe schickt sie übrigens nie ab. Sie steckt sie nur in einen Umschlag. Es ist sogar schon passiert, daß sie Briefmarken draufgeklebt hat. Aber dann verbrennt sie die Briefe im Kamin und paßt auf, daß nicht ein Schnipsel übrigbleibt.

Mama stellt auch niemals hinterhältige Fragen, wenn sie schreibt oder anruft. Aber sie muß ja wissen, wie er ist. Sie ist es ja gewesen, die als erste alles mitbekommen hat, als Andrea noch seelenruhig in ihrem Zimmer schlief. Denn zu der Zeit ist er ja auch mit den „Jungs" ausgegangen. Aber nicht so oft wie jetzt. Es war eher Mama, die unterwegs war, die immer noch was im Labor zu tun hatte.

Außerdem ist Andrea im tiefsten Innern überzeugt, daß Papa ein bißchen Angst vor Mama hatte. Vielleicht hat er sich gar nicht getraut, beschwipst nach Hause zu kommen? Womöglich ist er schlimmer geworden, seit sie weggegangen ist. Die Scheidung hat ihn schwer getroffen. Obwohl er so intelligent und erfolgreich ist, hat er nie richtig begriffen, warum sie weggegangen ist. Wir hatten es doch so gut miteinander, sagt er immer und sieht Andrea hilflos an.

Es ist, als ob er nicht mal sich selbst eingestehen könnte, daß er auch seinen Anteil daran hat, daß es schiefgegangen ist. Es ist ja wohl nicht möglich, daß es dem einen Teil in der Ehe gut geht, und der andere verzweifelt. Andrea hat schon gespürt, daß etwas nicht in Ordnung war. Da hätte Papa es doch auch merken müssen. Obwohl es ihnen so gut zu gehen schien.

Manchmal bildet Andrea sich plötzlich ein, es sei ihre Schuld, daß Papa angefangen hat zu trinken. Dann bildet sie sich ein, wenn sie sein Sonnenschein wäre, hätte er vielleicht keine Sorgen, die er betäuben müßte.

Aber sie ist sechzehn Jahre alt und hat ein Recht, sich zu behaupten und ihre eigenen Ansichten zu haben. Natürlich passiert es, daß sie mault oder aufbraust und die Tür hinter sich zuknallt. Aber sollte sie sich immer beherrschen und engelsgleich verhalten? Ihr Leben ist im Augenblick geradezu elendig. Sie ist erstarrt in der Erwartung, daß es endlich besser wird und daß etwas, irgend etwas passiert. Wenn man die Schule als Zufluchtsort betrachtet, dann ist es schlecht um einen bestellt.

Aber ganz so schlimm ist es auch wieder nicht, das sieht sie selbst. Im großen ganzen geht es ziemlich gut. Papa trinkt wahrscheinlich nicht mehr als andere. Aber was weiß man von anderen? Das einzige, was man mit Sicherheit behaupten kann, daß Erwachsene sich kaum amüsieren können ohne ein Glas in der Hand, während sie ihre Kinder gleichzeitig vor allem warnen, was Alkohol heißt.

7

An diesem Freitag abend hat Andrea Glück und braucht sich keine Gedanken mehr über den „bezaubernden Papa" zu machen. Stina ruft an und fragt, ob sie mit ins Kino kommt. Eigentlich wollte sie mit Jenny gehen und natürlich mit den Jungen, erklärt Stina atemlos. Aber Jenny hat Nasenbluten gekriegt, das nicht aufhören will. Stina hat ihre Kinokarte, und es wäre doch blöd, sie verfallen zu lassen, vor allen Dingen, wo sie angestanden hat für die Kinokarten; alle Leute wollen diesen Film doch sehen, und sie weiß, daß Andrea ihn auch sehen will, aber sie muß sich wirklich beeilen, wenn sie es noch schaffen will. Die anderen warten auf sie im Foyer.

Wenn Andrea ein bißchen Stolz gehabt hätte, hätte sie sich bitten lassen. Sonst taugt sie ja auch nicht für eine gemischte Gesellschaft. Sie guckt immer so wahnsinnig kritisch, daß sie die Stimmung verdirbt, hat Stina nach einem Fest Anfang Herbst gesagt. Seitdem ist sie lieber mit Jenny zusammen, wenn Jungen dabei sind. Aber eigentlich sind Stina und Andrea seit dem Kindergarten beste Freundinnen. Außerdem wohnen sie sehr nah beieinander.

Andrea kritzelt einen Zettel für Papa. Vielleicht übernachtet sie bei Stina, wenn das Kino aus ist. Dann muß er ja wissen, wo sie ist. Fast glücklich läuft sie los. Ausnahmsweise ist sie mal wie alle anderen. Auf dem Weg zu einem Vergnügen. Spielt doch keine Rolle, daß sie nur mitgehen kann, weil jemand abgesagt hat. Das sieht ihr ja keiner an. Und diesmal soll ihr niemand nachsagen können, sie gucke kritisch. Was auch passieren wird.

Sie warten tatsächlich auf sie. Stina und Adam, Hand in Hand, frisch verliebt. Oskar und Johan. Oskar gehört zu Jenny. Die gehen schon seit Ewigkeiten zusammen. Ohne Jenny kann man ihn fast als Witwer betrachten. Johan ist ohne Mädchen. Er gehört zu Adam und Oskar und wird für furchtbar intelligent gehalten. Andrea hat ihn zwar noch nie etwas Kluges sagen hören, aber das kann natürlich auch daran liegen, daß sie sich noch nicht oft mit ihm unterhalten hat. In der fröhlichen Stimmung, in der sie sich augenblicklich befindet, ist sie bereit, jeden klugen Ausspruch von ihm ohne Widerspruch zu akzeptieren.

Im Kinosaal sitzt sie zwischen Oskar und Stina. Das gefällt ihr gut. Sie fühlt sich wohl in der Gesellschaft von Jungen, die mit anderen Mädchen gehen. Die erwarten nichts von ihr, und sie kann sein, wie sie ist. In etwa jedenfalls. Und Oskar ist wirklich richtig nett. Wenn sie an ihm vorbeispäht, kann sie Johans Profil sehen. Er scheint nicht zu der Gruppe zu gehören und kaut an irgend etwas mit nach innen gewandtem Blick. Aus seiner Richtung zieht von Zeit zu Zeit ein starker Hauch von Pfefferminz zu ihr herüber. Andreas blaue Augen begegnen Stinas schwarzen, und sie begegnen sich mit einem Glitzern. Es ist ein Gefühl wie in der guten alten Zeit, als jede von der anderen wußte, was sie dachte.

Über den *Club der toten Dichter* vergißt sie dann alles. Stina geht es genauso. Und obwohl sie weit weg sind in Zeit und Raum, ist das Gefühl der Zusammengehörigkeit geblieben. Es dauert eine Weile, ehe sie in die Wirklichkeit zurückfinden, als der Film zu Ende ist. Beide haben blanke Augen und beschäftigen sich ausgiebig mit Reißverschlüssen und Halstüchern, bis die Augen sich wieder normal anfühlen.

Der intelligente Johan holt sie rasch auf die Erde zurück. Er ist so einer, der verachtet alles Gefühlige. Auf dem ganzen Weg zu Stina nach Hause diskutiert er über den Film, diskutiert und analysiert, bis der ganze Zauber des Films erlischt.

„Ihr seid leicht zu manipulieren, man muß nur eine dicke Schicht Sentimentalität auftragen. Ihr laßt euch ohne jeden kritischen Gedanken mitreißen", sagt er.

Am Küchentisch streiten sie sich immer noch über den Film und seine Botschaft. Johan bekommt teilweise Unterstützung von Adam, und das macht Stina rasend. Oskar verhält sich ziemlich neutral, gießt jedoch von Zeit zu Zeit ein bißchen Öl ins Feuer, so daß die Diskussion erneut aufflammt und immer absurder wird. Dann lächelt er zufrieden.

Oskar ist erbärmlich häßlich. Lang und dünn, rötliche Haare und rötliche Haut, und er hat Sommersprossen und eine große Nase. Seine Augen sind himmelblau, sehr hell, und von farblosen Augenwimpern umgeben. Der Mund breit und schmal. Die Zähne sind das einzig Schöne an ihm. Sie sind makellos, und wenn er lächelt, sieht er trotz all der rötlichen Blässe durch und durch gesund aus.

Laut Jenny der charmanteste Junge der Schule, und Jenny müßte es wissen. Bisher hat Andrea immer gefunden, das sei das Dämlichste, das Jenny jemals von sich gegeben hat. Jetzt ist sie nicht mehr ganz so sicher.

Den ganzen Abend denkt sie nicht einmal an den „bezaubernden Papa". Erst als sie in das Extrabett in Stinas

Zimmer gekrochen ist, schickt sie ihm einen flüchtigen, aber triumphierenden Gedanken. Er mag in einem Zustand sein, wie er will, sie geht das nichts an. Und er soll nur sehen, wie das ist, wenn sie auch mal einen ganzen Abend weg ist. Wenn sie nicht zu Hause auf ihn wartet und auf seine Schritte lauscht.

Es ist schon Monate her, seit Stina und sie zuletzt so in der Dunkelheit gelegen und miteinander geredet haben. Sie sind aus dem Takt geraten, als Stina die Jungen entdeckt und mit dem Reiten aufgehört hat. Andrea ist im Stall geblieben. Verletzt und verlassen. Sie hatten soviel Spaß miteinander gehabt! Nie hätte sie geglaubt, daß Stina so eine ist!

Die Zeit mit den Pferden tut ihr immer noch nicht leid. Sie war wunderbar. Aber jetzt kann sie sich selbst zumindest widerwillig eingestehen, daß sie mit Ausmisten und Fegen und dem Rumhängen im Stall mit Freundinnen Zeit und Kraft verplempert hat. Es ist besser, sie macht sich ein für allemal klar, daß sie den Anschluß verpaßt hat.

In der Kunst, mit Jungen umzugehen, ist sie mehrere Jahreskurse hinter Stina und Jenny im Rückstand. Sie hat kein Selbstvertrauen. Sie weiß ganz einfach nicht, wie man sich verhält.

Aber während sie jetzt daliegen und über Jungen reden, ist Andrea voller Optimismus. Wenn sie sich nur zusammenreißt und läuft, so schnell sie kann, dann holt sie Stina schon noch ein. So was Besonderes kann es ja nicht sein. Selbst die blödesten Typen mit fettigen Haaren und Pikkeln finden immer noch jemanden, mit dem sie zusammensein können.

Allmählich schläft Stina unter ihrer Daunendecke ein. Es ist kalt im Zimmer. Das Fenster zur Straße steht halboffen. Andrea hört, wie Autos bremsen, hört gedämpfte Wortwechsel und Türen, die zuschlagen. Diese Straße ist bei Nacht der Strich, heißt es. Stina und sie haben viele Male am Fenster gestanden und versucht, den Unterschied zwischen den Strichmädchen und normalen Mädchen zu erkennen. Aber das ist schwer. Sie können nicht begreifen, wie die Männer den Unterschied kennen. Manchmal können die das übrigens auch nicht. Das sieht man an der beleidigten Art, wie die angesprochenen Mädchen weitergehen. Andrea ist bisher noch nie angesprochen worden, wenn sie spät am Abend nach Hause ging. Aber Stina ist das natürlich schon passiert.

Andrea liegt im Bett und lauscht den Geräuschen der Umgebung, Stinas gleichmäßigem Atmen und den Schritten auf der Straße. Sie denkt an Jungen und vor allen Dingen an Oskar. Er schien Jenny nicht zu vermissen. Er hat sie nicht mal angerufen, um zu fragen, ob sie das Nasenbluten überlebt hat.

Sie denkt an Küsse und fragt sich, ob mit ihr ernsthaft etwas nicht in Ordnung ist, weil noch niemand versucht hat, sie zu küssen. Trägt sie eine Art unsichtbarer Fahne mit sich herum, die alle warnt? Und ist Küssen schwer? Man darf nicht passiv sein, das hat sie schon begriffen. Es gibt ja Fernsehen, da kann man das studieren.

Sie hätte eben früher anfangen müssen. Dann brauchte sie sich jetzt nicht wegen ihrer fehlenden Erfahrung zu schämen. Eine ungeküßte Sechzehnjährige, fast eine alte Jungfer, das ist sie.

In ihrem Haus wohnt ein blasses, kleines Mädchen. Es geht höchstens in die dritte Klasse. Aber küssen, das kann sie. In den vergangenen Monaten hat sie mehrere Male im Treppenhaus gestanden und nach Herzenslust geküßt.

Andrea mußte sich jedesmal vorbeidrängeln, um die Treppe zu ihrer Wohnung hinaufgehen zu können.

„Hallo, Andrea", ruft das Gör jedesmal und lacht.

Die küßt selten denselben Jungen. Andrea kann den Unterschied an Jacken und Größen erkennen, selbst wenn die Knirpse verlegen die Gesichter abwenden. Das Gör hat mindestens drei am Gängelband. Und sobald Andrea vorbeigegangen ist, küssen sie sich weiter. Das kleine Mädchen mit den langen Haaren ist kein bißchen verlegen. Ihr scheint die Küsserei genauso natürlich zu sein wie Eis essen.

Man muß eben rechtzeitig anfangen. Das Dasein wäre vermutlich viel leichter, wenn Andrea eher angefangen hätte. Wenn sie so ein Kind gewesen wäre, das schon hinter dem Schaukelplatz im Kindergarten angefangen hätte.

8

„Wo zum Teufel bist du heute nacht gewesen? Was hast du getrieben?"

So hat Andrea ihren Papa noch nie erlebt. Sonst flucht er nie. Jedenfalls nicht, wenn er mit ihr redet. Aber jetzt hat er die Maske ganz und gar fallen lassen. Er ist unrasiert und hat rotgeränderte Augen. Und einen ekelhaften Atem. Die Luft ist abgestanden, als ob er die ganze Nacht neben dem Telefon, das Glas in der Hand, verbracht und die Tür bewacht hätte. Auf dem Tisch steht eine leere Whiskyflasche.

Sie ist so überrascht, daß sie zunächst gar nicht versteht, weswegen er so schimpft.

„Ich bin doch bei Stina gewesen", sagt sie dann.

„Lüg mich nicht an!" Er schüttelt sie so heftig, daß sie fast gegen die Wand fliegt, als er sie losläßt.

„Raus mit der Wahrheit! Wo bist du gewesen?"

Sie sieht ihn mit soviel Verachtung an, wie es ihr nur möglich ist, und zeigt überlegen zur Küche. An der Kühlschranktür hängt der Zettel, den sie gestern abend geschrieben hat.

„Übernachte bei Stina. Küßchen A."

Er ist mit knallrotem Filzstift geschrieben und hängt genau an der Stelle, wo sie immer ihre Botschaften füreinander hinhängen – befestigt mit einem Magneten, der wie eine Erdbeere aussieht. Keiner, der alle Sinne beisammen hat, kann den Zettel übersehen.

Trotzdem scheint er nichts zu begreifen.

„Red dich nicht raus, du! Und das eine sag ich dir, wenn du dich nachts rumtreibst, kannst du gleich abhauen! Dann kann Mama sich um dich kümmern. Mit der Verantwortung werde ich nicht fertig."

„Du bist ja verrückt!" schreit Andrea. „Bist du immer noch so besoffen, daß du nicht lesen kannst? Wieso beschuldigst du mich, ich würde lügen? Was hab' ich getan? Ich hab' dich noch nie angelogen."

Rasend vor Zorn marschiert sie in die Küche, reißt den Zettel von der Tür und hält ihn ihrem Vater unter die Nase.

„Siehst du es jetzt? Glaubst du mir?"

Langsam geht ihm die Wahrheit auf. Er schrumpft richtig unter ihren Augen. Niedergeschmettert setzt er sich hin und legt das Gesicht in die Hände.

„Ich hab' mir solche Sorgen gemacht", murmelt er. „Ich hab' gedacht, du bist abgehauen. Weil du genug von mir hast."

„Hab' ich das jemals gesagt? Hab' ich je damit gedroht, abzuhauen?"

Sie ist streng und gekränkt und ohne jedes Mitleid.

„Ich hab' gefühlt, daß du mich verachtest", sagt er mit unsicherer Stimme. „Ich hätte nicht gewußt, wie ich es deiner Mutter und Großmutter hätte sagen sollen. Fiasko auf der ganzen Linie. Frau und Tochter hauen beide ab. Niemand hält es mit mir aus. Ich hatte gehofft, daß du wenigstens ein bißchen Zuneigung für mich empfindest."

Ein bißchen Zuneigung! Sie verabscheut seine Understatements. Eltern und Kinder sollen einander lieben, selbstverständlich und ohne sich zu schämen. Sich nicht gegenseitig um Zuneigung anbetteln.

„Du bist so jämmerlich", sagt sie nur. „Wenn du dir eingebildet hast, ich wäre abgehauen, warum hast du mich nicht gesucht, statt hier zu Hause rumzusitzen und dich mit Schnaps vollaufen zu lassen. Ich hätte ermordet und vergewaltigt werden können, während du hier rumgesessen hast. Du hättest bei der Polizei anrufen müssen."

„Du hast recht, verhöhn' mich nur. Ich hab's nicht besser verdient."

Es macht sie erst recht wütend, daß er sich alles gefallen läßt, ohne auch nur den Kopf zu heben. Väter dürfen nicht weinen. Das ist das Privileg der Töchter.

Sie denkt nicht daran, ihn zu trösten. Er hat sie gar zu sehr verletzt. Sein Atem ist so schlecht, daß sie ihm nicht mal nahekommen wird.

„Ich ertrag dich nicht mehr!" schreit sie.

Dann stürzt sie in ihr Zimmer, knallt die Tür hinter sich zu und dreht den Schlüssel um. Nicht, weil sie fürchtet, er könnte ihr folgen, nur um es ihm nachdrücklich zu zeigen. Dann wirft sie sich aufs Bett und hämmert mit den Fäusten auf das Kopfkissen ein. Gleichzeitig lauscht sie aber nach draußen, ob er nicht trotz allem Kontakt zu ihr sucht. Mama hätte am Türgriff gerüttelt, hätte geschrien und gedroht, sie aber natürlich trotzdem nicht herausgeholt. Mama hätte jedenfalls gezeigt, daß sie da ist.

Papas zaghafte Versuche, sie dazu zu kriegen, daß sie die Tür öffnet, sind immer viel taktvoller gewesen. Außerdem hat Mama ihn wahrscheinlich dazu gezwungen. Er trommelt nur leicht mit den Fingern gegen die Tür, und dann geht er, wenn sie keine Antwort gibt. Er hatte nie mit ihr getobt wie Mama. Daran hat er nicht teilnehmen wollen, und das hat sie ihm immer hoch angerechnet.

Er hat sie tatsächlich mit einem gewissen Respekt behandelt. Und jetzt macht er alles, aber auch wirklich alles, kaputt. Er ist zehnmal schlimmer als Mama, wenn sie am schlimmsten war, denn sie hatte wenigstens keinen Kater, sie war nur von ihrem Recht überzeugt, über andere bestimmen zu können.

Andrea kann sich nicht vorstellen, wie sie und Papa sich wieder in die Augen sehen können. Wie sie in derselben Wohnung leben und sich begegnen, sobald sie sich bewegen. Aber es ist ebensosehr ihr Zuhause wie seins. Sie hat dasselbe Recht, hier zu wohnen, wie er. Sie denkt nicht daran, sich rauswerfen und wie ein Paket an Mama schicken zu lassen. Das möchte er wohl gern. Damit er sie los ist und endlich sturmfreie Bude hat.

Vor einer Weile, als sie von Stina wegging, ist sie noch so glücklich gewesen. Durch und durch voller Hoffnung ist sie gewesen, fast davon überzeugt, daß es auch für sie eine Zukunft gibt, daß sie früher oder später – am liebsten natürlich früher – jemanden finden würde, der sie mag. Wenn man einen richtigen Freund hat, ist man unverletzlich.

Nun ist dieser ganze kecke Zukunftstraum zerschlagen. Er hat der Belastung nicht standgehalten. Das ist auch Papas Schuld, und sie wird ihm nie verzeihen, daß er ihr nicht vertraut hat. Wie konnte er nur glauben, sie treibe sich nachts herum? Für was hält er sie eigentlich,

Als sie eine Stunde später vorsichtig aus ihrem Zimmer herauskommt, ist er weg. Es gibt Spuren, die bezeugen, daß er sich geduscht und rasiert hat. Der Trainingsoverall und die Turnschuhe sind noch da. Er ist vom üblichen Muster, sich den Kater wegzujoggen, abgewichen. Dazu ist es zu spät. Der „bezaubernde Papa" will sich nicht verschwitzt und außer Atem zwischen Leuten auf dem Sonntagsspaziergang hindurchquälen. Sie vermutet, daß er in den Kunstgalerien der Stadt herumläuft, um sich abzulenken. Übrigens kann er jeden Augenblick zurückkommen, und sie will ihn nicht sehen. Sie braucht Luft und Bewegung. Dann sieht sie die Situation vielleicht ein bißchen klarer.

Trotzdem bleibt sie unentschlossen in der Diele stehen. Im Frühling wäre sie noch ohne weiteres zum Stall gelaufen. Aber diese Gewohnheit ist vorbei. Und selbst wenn sie es jetzt getan hätte, ihre alten Freundinnen sind nicht mehr da. Sonntags sind dort meistens nur kleine Mädchen.

Natürlich wäre es was anderes gewesen, wenn sie ein eigenes Pferd gehabt hätte. Die alte, fast vergessene Bitterkeit bricht wieder hervor. Niemand zu Hause hat begriffen, was ihr ein eigenes Pferd bedeutet hätte. Obwohl die Eltern es sich hätten leisten können, zwei gut ausgebildete Leute. Sie meinten aber, es sei eine Phase, die vorübergehe. Unsere pferdeverrückte Tochter, sagten sie und lachten nachsichtig. Sie brachten es nicht einmal über sich, sie bei den Pferden zu besuchen. Nicht einmal bei den Wettkämpfen.

Statt dessen saß Großmutter oben auf der Galerie und fror und bewunderte Andrea.

Sie haben mich nicht ein bißchen unterstützt, denkt Andrea und weiß, daß sie ungerecht ist. Denn alles, worüber sie Entscheidungen traf, war einer Ermunterung wert und wurde unterstützt. Bergwanderungen, Tennisunterricht, Konzerte, Theater. Aber von Pferden verstanden ihre Eltern nichts. Sie mochten sich nicht anstrengen. Eigentlich ist es ein Wunder, daß es sie selbst überhaupt gibt. Oder ist es vielleicht ein Versehen? Hinterher wußten sie es jedenfalls besser. Es kamen keine weiteren Kinder.

Wütend trabt Andrea durch die trostlosen Großstadtstraßen. Sie will menschliche Wärme spüren und reden. Nicht über Papa, keineswegs über ihn, aber über das Leben im allgemeinen. Sie will auf ihrem Platz am Küchentisch sitzen, brühheißen Tee trinken, während Großmutter einen Sandkuchen im Backofen auftaut.

Aber Großmutter hat Besuch. Normalerweise hätte Andrea das nichts ausgemacht. Sie mag alte Menschen, wenn sie nicht nervig und rührselig sind. Und die meisten von Großmutters Freunden sind alte Leute mit Schwung und schwarzem Humor, die gern lachen.

Aber in diesem Augenblick will sie niemandem anders als Großmutter begegnen. Die Enttäuschung, daß sogar Großmutter von anderen in Anspruch genommen ist, ist so groß, daß Andrea fast heult. Und wütend ist sie.

„Komm ein bißchen später wieder, die gehen bald", flüstert Großmutter.

Andrea schüttelt den Kopf. Jetzt will sie Trost und Liebe, nicht in einer Stunde.

„Aber nimm das hier", sagt Großmutter und steckt ihr ein

dickes, braunes Kuvert zu, das mit Gummibändern umspannt ist.

„Die waren im Karton. Darin wirst du das eine oder andere über Ebba finden."

Ohne Enthusiasmus steckt Andrea das Kuvert ein und trottet die Treppe hinunter. Das ist das letzte, wozu sie Lust hat, Ahnenforschung in Briefen zu betreiben. Da hat die liebe Großmutter sich ganz schön getäuscht.

Ich muß aufhören, zu ihr zu rennen, sobald ich ein bißchen traurig bin, denkt Andrea. Ich bin zu alt dafür. Wenn ich so weitermache, werde ich nie erwachsen. Und was gehen mich Ebba und all die anderen an!

Plötzlich holt sie das Kuvert hervor und drückt es in einen Papierkorb an der nächsten Bushaltestelle. Da kann es verrotten. Großmutter hat ja selbst gesagt, man müßte alles wegschmeißen. Sie wird die Briefe nie vermissen.

Es ist ein Gefühl, als hätte sie sich dafür gerächt, daß Großmutter keine Zeit für sie hatte.

Dann geht Andrea weiter. Nach Hause will sie nicht. Sie läuft durch die Straßen und gerät in die Hafenanlagen. Unterwegs begegnet sie nicht einem Menschen, den sie kennt. Eine Weile überlegt sie, ob sie ins Kino gehen soll. Aber allein, nein. Das wäre, als ob man seine Einsamkeit hinausbrüllte.

Sie betrachtet die Schiffe am Kai und versucht sich vorzustellen, wie unglücklich man sein muß, um wirklich ins Wasser zu springen. Dann schlängelt sie sich über die stark befahrene Straße, und auf der anderen Seite kommt sie sich in einem Schaufenster geradewegs selbst im Spiegel entgegen. Sie trägt blaue Jeans, eine beigefarbene Daunenjacke, einen blonden Pagenkopf, und in ihrem Gesicht ist ein Ausdruck, der sie jäh vor Schreck stehenbleiben läßt.

Jedermann kann sehen, daß hier ein wütendes junges Mädchen steht, gesund und stark, das mit seiner Großmutter hart ins Gericht geht. Und seinem Vater hat es schon einen Knacks versetzt. Kalt und hart und ohne eine Spur von ... Sie sucht nach dem richtigen Wort, und dann fällt ihr ein schönes, neues ein: Empathie. Genau. So eine ist sie. Ohne Empathie. Selbstsüchtig und ohne Mitgefühl für andere. Genauso sieht sie auch aus, wie sie da elegant eingerahmt in dem hübschen Spiegel steht.

Wie ist sie so geworden? Sie, die immer zu hören gekriegt hat, wie empfindsam und einfühlsam sie als kleines Kind gewesen ist. Sie, die immer noch Schnecken über die Straße hilft, damit sie nicht überfahren werden. Sie, die Spinnen und ekelhafte Ohrenkneifer auf einem Stück Papier hinausträgt, weil sie sie nicht töten kann. Sie, die um tote Vogeljunge und Seehundkinder weinen kann.

Der Ausdruck des Mädchens im Spiegel hat sich schon verändert. Die Mundwinkel kräuseln sich ein wenig, so daß die Grübchen in den Wangen erscheinen. Jetzt sieht sie richtig hübsch und nett aus. Andrea wirft ihr einen verächtlichen Blick zu und geht weiter. Erst in ihrem normalen, schnellen Schritt, dann immer schneller, bis sie läuft. Eine Sache will sie auf jeden Fall ungeschehen machen. Das Kuvert muß um jeden Preis gerettet werden. Das ist das einzig Wichtige in diesem Augenblick. Niemals würde sie Großmutter erklären können, warum sie es weggeworfen hat.

Es ist noch da! Jemand hat einige Limodosen draufgeworfen und eine Zeitung obendrauf geknüllt. Pappteller mit Ketchupresten und Senf sind auch da. Angeekelt steckt sie die Hand hinein und angelt das Kuvert heraus, voller Angst, plötzlich eine Hand auf ihrer Schulter zu spüren.

Aber hinter ihr steht niemand von der Sicherheitspolizei. In der Nähe ist nur ein verfrorener alter Mann, der einen Schal bis zur Nase hochgezogen hat. Und ihn interessiert überhaupt nicht, was sie da treibt.

Mit dem Kuvert in der Tasche macht sie sich auf den Weg nach Hause. Früher oder später muß sie ihrem Papa ja doch gegenübertreten. Es ist sinnlos, die Begegnung weiter aufzuschieben.

Er ist beim Backen! Das ist das letzte, was sie erwartet hätte. Bis hinaus in die Diele riecht es nach Gemütlichkeit. Langsam tappt sie zur Küche und bleibt an der Tür stehen.

Soweit sie sehen kann, wirkt er ungefähr wie immer. Richtig hübsch, in Jeans und mit einer Schürze um den Bauch. Es ist schwer, diese häusliche Person mit dem unrasierten Monster vom Morgen in Verbindung zu bringen.

Sie kann es nicht lassen, sie muß sich ein Stück von einem frischgebackenen Brot abschneiden. Sie hat den ganzen Tag nichts gegessen.

„Zu salzig?" fragt er besorgt. „Ich hab' aus Versehen die doppelte Menge reingetan."

Sie schüttelt den Kopf und nimmt sich noch eine Scheibe. Er ist Spezialist im Backen von groben, säuerlichen Graubroten. Frischgebacken und mit schmelzender Butter schmeckt so ein Brot himmlisch.

Er sagt nichts mehr, pfeift aber leise vor sich hin, während er ein weiteres Blech in den Backofen schiebt. Wahrscheinlich denkt er, wenn sie sein Brot ißt, hat sie ihm vergeben. Er klopft ihr leicht mit einer mehligen Hand auf die Schulter und teilt ihr mit, daß es einen Hackbraten zu Mittag geben soll. Ob das recht ist?

Es ist recht. Sie hat einen Bärenhunger.

Nun sind sie also wieder zur Routine zurückgekehrt und tun so, als wäre nichts passiert. Es ist unter den Teppich gekehrt.

Aber nicht vergessen.

Andrea hat das Gefühl, als ob sie beide gleichviel Angst vor dem haben, was kommen wird.

9

Das große, braune Kuvert schreit förmlich danach, geöffnet zu werden. Vor allen Dingen, weil Andrea sich einbildet, sie könnte etwas darin finden, was erklärt, wie sie so geworden ist, wie sie ist.

Großmutter hat die Briefe chronologisch geordnet. Sie hat auch eine Art Gebrauchsanweisung beigelegt, damit Andrea weiß, wer wer ist. Alle Briefe sind an Johanna in England adressiert, genauer gesagt „Gray Cottage, Erith, Kent". Mindestens ein Brief ist pro Woche aus Stockholm dorthin gegangen. Die fleißigste Briefschreiberin ist Johannas Mama. Mit anderen Worten Andreas Ururgroßmutter. Sie, die in Ystad mit abgespreiztem Ringfinger fotografiert wurde. Sie ist siebenundvierzig Jahre alt, geboren 1851. Fredrik, Johannas Papa, ist genauso alt. Sie haben vier Kinder, Johanna, Ebba, Björn und Floh. Außerdem kommt ein sehr alter Mann vor, Onkelchen. Er war Fredriks Vormund, wird aber wie ein ehrwürdiger Großvater behandelt.

Andrea nimmt den ersten Briefumschlag hervor, der am 21. September 1898 abgestempelt ist. Die Briefmarke ist abgeschnitten, genau wie alle anderen. Danach zu urteilen, hat sich irgend jemand Hoffnung auf das schnelle Geld gemacht. Aber seit langem scheint niemand die Briefe mehr gelesen zu haben. Die Falze in dem dünnen Papier sind messerscharf, und die Handschrift wirkt im ersten Augenblick so fremd, daß Andrea meint, sie nicht lesen zu können.

Sie sitzt mit dem Brief in der Hand da und zögert.

Es ist verboten, anderer Leute Briefe zu lesen. Das ist so was wie durchs Schlüsselloch gucken. So was tut man einfach nicht. Aber wenn alle Beteiligten tot sind, kann es ja nicht schaden, redet sie sich ein. Dann ist es keine Neugier mehr, sondern eher als Forschung zu betrachten. Besonders, wenn die dahin führt, alte Ereignisse in neuem Licht erscheinen zu lassen.

Es ist niemand mehr da, der es übelnehmen könnte, jetzt, wo auch die alte Ebba tot ist. Und es ist die einzige Möglichkeit, etwas über die „glückliche Familie" und ihre Lebensweise zu erfahren.

Und über die *angebetete E.* und *Dein für ewig. C.*

Mitten in der neugierigen Erwartung spürt Andrea auch eine gewisse Herablassung. Was wußten die eigentlich vom Leben, diese Menschen aus dem neunzehnten Jahrhundert?

Bevor sie sich ernsthaft zurechtsetzt, überfliegt sie hastig einen alten Zeitungsausschnitt, den Großmutter zwischen den ersten und den zweiten Brief gesteckt hat. Er zeigt das Handelsschiff *Thule,* das 1892 vom Stapel gelaufen ist. Der Rumpf wirkt schwarz. Zwei Masten und ein Schornstein, aus dem Rauch quillt, ragen heraus. Das Fahrzeug konnte fünfzig Passagiere in der ersten Klasse und fünfundzwanzig in der zweiten Klasse befördern. Verglichen mit den Englandfähren von heute sieht es aus wie ein Spielzeugschiff.

Aber nicht zu verachten. Die *Thule* machte vierzehn Knoten und hat die Strecke Göteborg–London vermutlich in zwei Tagen geschafft.

Am 21. September 1898, es ist ein klarer Tag mit kräftigem Wind, ist Johanna auf dem Weg über die Nordsee. Sie ist gerade neunzehn geworden, und sie ist groß und dünn und sehr blond. Man kann sie sich leicht an Deck vorstellen, irgendeine Art Schleier um Hut und Haare, und der Wind fährt in ihre langen Röcke.

Mama Anna sitzt im Mädchenzimmer in Stockholm und schreibt an Johannas eigenem Schreibtisch.

Ich kann Dir nicht sagen, wie grenzenlos leer es ist nach Deiner Abreise, geliebtes Kind. Deinen Platz kann keins der anderen ausfüllen; der eine kann den anderen nicht ersetzen. Und <u>trotz allem</u> hat meine Johanna einen so großen Raum in meinem Herzen, daß Du es Dir kaum vorstellen kannst. Es ist mir unmöglich daran zu denken, daß Du über Monate abwesend sein wirst. Ich kann nicht weiter als über den Tag hinaus denken.

Aber eins wünsch ich Dir: Mögest Du <u>Dich in vielem verändert haben</u>, wenn wir uns wiederbegegnen. Reicher im Innern, empfindsamer im Gewissen und einfühlsamer für andere. Ich bin ganz und gar davon überzeugt, daß diese Trennung zu Deinem eigenen Besten ist.

Andrea legt den Brief hin. Die letzten Zeilen hätten an sie gerichtet sein können! Es ist fast unheimlich. Als ob sie jemand aus dem Grab abkanzelte. Mehr Gefühl für andere = Empathie. Der Mangel an Einfühlungsvermögen in die Probleme anderer ist vielleicht auch durch die starken Lagerbladschen Gene bedingt. Wenn das so ist, wird Andrea sich darum kümmern. Die sollen nicht ungestraft über Jahrhunderte regieren dürfen.

Gleichzeitig spürt sie trotz allem eine Art Triumph. *Mögest Du Dich in vielem verändert haben*, unterstrichen, *wenn wir uns wiederbegegnen.*

Aha, denkt sie. Da geistert immer noch die Geschichte mit dem alten Holzhändler herum. Dann aber wird ihr klar, daß diese Geschichte seit langem ausgeräumt sein muß. Dieser Satz bezieht sich auf neue Sünden Johannas. Hinter den Worten liegt frische Enttäuschung.

Ihr fällt ein, was Großmutter gesagt hat. Daß Johanna eigentlich Jura in Uppsala studieren sollte. Genau wie Fredrik und vor ihm sein Vater. Aber sie wollte nicht. Warum sollte sie zwischen knochentrockenen Wälzern eingesperrt sitzen und wie ein Blaustrumpf büffeln, wenn das Abenteuer auf der anderen Seite der Nordsee lockte. Es reichte wahrhaftig, daß sie das Abitur gemacht hatte! Das war doch wirklich eine Heldentat.

Was mag das für ein Aufruhr gewesen sein, bis Johanna sich die Erlaubnis zu dieser Englandreise erbettelt hatte! Vermutlich nannte man es Sprachenreise. Damals wie heute. Aber in Wirklichkeit wollte sie natürlich nur weg von zu Hause und sich amüsieren.

Wie dem auch sei. Jetzt ist sie auf dem Weg über die Nordsee. Und damit hat sie bewiesen, daß sie eigensinnig und willensstark ist. Selbstsüchtig, kurz und bündig ausgedrückt.

Glaubt Andrea.

Kein Wunder, daß Mutter Anna sich nicht scheut zu sagen, was sie meint. Sie ist, was Andrea eine erzieherische Mama genannt hätte. Kein bißchen darum besorgt, mit ihrem Erziehungseifer jemanden zu verletzen.

Andrea ist nicht sicher, ob sie Anna zur Mama hätte haben wollen. Anna scheint sehr anstrengend gewesen zu sein. Aber eins ist sicher: Sie hat sich um ihre Tochter gekümmert.

Gewissermaßen sind sie in derselben Situation, Andrea und Anna. Nur umgekehrt. In dem einen Fall ist es die Mama, die sich davongemacht hat in ein fremdes Land, im anderen die Tochter. Streit, Krach und Tränen sind beiden Reisen vorangegangen. Andrea kann dem Wunsch, daß ihre eigene Mama *sich in vielem sehr verändert haben möge*, wenn sie sich wiederträfen, nur zustimmen.

Aber das schreibt Andrea natürlich nicht in ihren seltenen Briefen nach Amerika. Mama gibt übrigens den Ton in der Korrespondenz an. Sie schreibt von Sachen, von denen sie meint, sie könnten Andrea Spaß machen. Ihre Briefe lesen sich wie kleine Glossen über den Alltag einer Forschergruppe auf der anderen Seite des Atlantik. Fast nie steht etwas wirklich Persönliches darin, etwas, das nur Andrea angehen könnte. Vielleicht ist das Absicht von Mama für den Fall, daß Papa die Briefe liest.

Andrea antwortet auf dieselbe Art, so gut sie es eben kann. Mit kleinen Späßen von der Schule und über irgendwas Verrücktes, was Großmutter getan oder gesagt hat. Aber über ihre wahren Gefühle und Gedanken schweigt sie sich aus. Mama soll ruhig glauben, sie werde nicht vermißt.

Andrea nimmt den alten Brief wieder vor und liest ihn vom Anfang bis zum Ende, gefesselt von dem fast feierlichen Ton. Es ist ein langer Brief. Anna erzählt, wie die Familie Johanna auf der gefahrvollen Reise in Gedanken begleitet. Man könnte fast meinen, sie würde die Reise nicht überleben. Aber selbst in den Momenten, wenn es Anna das Herz zu zerreißen scheint, behält sie einen gewissen rauhen Humor. Der gefällt Andrea. Der versöhnt mit den christlichen Einlagen.

Am besten ist Anna, wenn sie die Tagesverfassung der Familie rasch skizziert.

Der gestrige Tag war schwer, aber die Tränen der Geschwister sind jetzt getrocknet. Ebba hat heftig geweint, aber später in der Nacht ist sie eingeschlafen, und seitdem ist sie ruhig. Sie ist gestern zwar in der Frühstückspause mit Kopfschmerzen und Kummer nach Hause gekommen, aber ich habe den Verdacht, daß es mit der französischen Lektion zusammenhing. Hinterher ist das Fräulein widerstandslos in die Schule zurückgekehrt, und es ging ihr vortrefflich.

Es ist das erste Mal, daß Ebbas Name auftaucht. Und ganz wirklich. Sie weint und hat Kopfschmerzen. Das ist genau das, was Andrea erwartet hat. Das stimmt hundertprozentig. Weinerlich und neidisch, so ist Ebba.

Andrea faltet das Papier zusammen und will es in das Kuvert zurückschieben. Aber es ist kein Platz. Sie streicht den Falz glatt und versucht es noch einmal. Aber es will nicht richtig hineingleiten. Da steckt sie einen Finger ins Kuvert und entdeckt ein sehr dünnes Blatt Papier, das mit kindlich runder, aber sehr ordentlicher Schrift beschrieben ist.

Du meine geliebte Schwester, ach, Du mein Liebling, wie ist es doch kolosal traurig, daß Du fort bist. Ich kann nicht anders, ich muß ein bißchen weinen, wenn ich Dein Bett sehe und daran denke, daß Du nicht mehr darin liegst. Ich schreibe Dir in fürchterlicher Eile, da Mama gerade Besuch von Tante Amanda hat. Will dann mei-

nen Brief in ihren schmuggeln. Du kannst Dir nicht vorstellen, wie sehr wir Dich alle vermissen. Bei uns ist heute Mistwetter, aber wir haben gehört, daß auf der Nordsee gutes Wetter mit ein wenig Wind herrscht. Du sitzt vielleicht in einem eleganten Salon und fühlst Dich wie eine Prinzessin. An Bord ist es wahrscheinlich kolossal schick, oder? Und wahrscheinlich gibt es dort auch massenhaft junge Männer, könnte ich mir vorstellen. Vielleicht tanzt Ihr und amüsiert Euch himmlisch? Du wirst Dich doch wohl auf der Reise in niemanden verlieben? Falls doch, mußt Du mir sofort schreiben und davon erzählen. Oh, ich wünschte so sehr, ich hätte mitkommen können! Björn hat gerade versucht, Deinen Sekretär aufzubrechen, aber ich habe ihn davon abgehalten, ist das nicht nett von mir? Es ist langweilig, wenn man niemanden hat, mit dem man sich im Bett unterhalten kann. Der Floh ist noch viel zu klein. Adieu und Gott segne Dich, meine liebe Schwester.
    Deine geliebte kleine Schwester Ebba.

Andrea ist schockiert. Haben Schwestern einander in diesem Ton geschrieben? Das ist ja närrisch. Sie hat kein anderes Wort dafür. Närrisch und sentimental, daß es schon krankhaft wirkt. *Deine geliebte kleine Schwester!*

Sie liest den Brief noch einmal. *Mistwetter* klingt merkwürdig modern. Sie hätte nicht gedacht, daß die Mädchen der Jahrhundertwende auch nur sanfte Kraftausdrücke benutzten. Ebbas positive Einstellung zu Männern erstaunt sie auch. Und offenbar ist es selbstverständlich, daß man auf der Stelle zu tanzen beginnt und sich himmlisch amüsiert, sobald ein paar auftauchen, und daß man sich in null Komma nichts in jemanden verliebt.

Wenn Ebba nun die *angebetete E.* ist – und dessen ist Andrea sicher –, dann war sie vermutlich eine leichte Beute. Auf Liebe und Romantik eingestellt, offen und ohne den geringsten Vorbehalt. Ziemlich blöd, findet Andrea, aber trotzdem rührend in ihrem Eifer. Und nach allem zu urteilen, weder weinerlich noch schwach.

Sie wünschte, sie hätte ein gutes Foto von Ebba. Sie kann sich nur vage ein Schulmädchen in dunkelblauem, wadenlangem Rock und Seemannsbluse vorstellen. Aber vielleicht waren die Schulmädchen zu der Zeit gar nicht so gekleidet. Ein blondes Mädchen mit einem langen Zopf auf dem Rücken, mollig und rosig. Im großen ganzen dem Kind auf dem Sockel ziemlich ähnlich.

Leichter ist es, sich ein Bild von dem Mädchenzimmer zu machen. Das ist kein Kunststück, wenn man selbst in so einer alten, hochherrschaftlichen Wohnung lebt.

Hoher Raum, zwei Fenster zur Straße, Kachelofen in der einen Ecke – und ein Hausmädchen, das Feuerholz hereinbringt und das Feuer in Gang hält. Kommode mit Waschschüssel, Wasserkanne und einem Eimer hinter dem Schirm in der anderen Ecke. Weiße Betten an den Längsseiten, Flickenteppiche.

Johannas Schreibtisch steht heute noch in Großmutters Wohnung. Er ist hübsch. Der Sekretär auch. Er hat zierliche Griffe aus Elfenbein an all den kleinen Schubkästen. Die Klappe sitzt ein bißchen schief in den Scharnieren. Man kann sich vorstellen, daß er zwischen den beiden Fenstern gestanden hat.

Helle Gardinen mit gestickten Schlingpflanzen. Anna kaufte alle Handarbeiten bei den „Freunden der Handarbeiterinnen", und die waren abwechselnd im Jugendstil und Carl-Larsson-Stil. Viel davon gab es noch bei Großmutter, die niemals etwas wegwarf, weil sie an die Wiederverwendbarkeit glaubte. Vermutlich ist sie nach Anna geraten. Denn nach allen Abschiedsworten und Gott segne Dich, geliebtes Kind und so weiter und so weiter, kommt ein PS, nüchtern und sachlich:

Ich habe Dir auch Deine alte Pelzmütze eingepackt. Ich dachte, Du wirst sie brauchen können, wenn es auf dem Meer sehr stürmisch ist, obwohl Du gesagt hast, Du wolltest sie nicht mitnehmen.

Mütter! Warum glauben sie eigentlich immer, daß man friert?

10

Es ist anstrengend, alte Briefe zu lesen. Andrea schafft nicht viele auf einmal. Was sie vorantreibt, ist die Jagd nach Lebenszeichen von Ebba.

Johanna interessiert sie nicht so. Sie wirkt so unkompliziert, gesund und fröhlich, und sie scheint sich sofort in ihrer englischen Familie einzuleben. Allerdings sind keine von Johannas eigenen Briefen erhalten, man kann sich nur an Annas Kommentare halten. Offensichtlich scheint alles wie geschmiert zu laufen. Da sind Ausflüge, Reisen nach London, Theaterbesuche und Einladungen. Und alles ist *entzückend*.

Du hast Dir wohl nicht träumen lassen, daß Dich so etwas erwartet, als Du an Deinem Schreibtisch für das Abitur gebüffelt hast, schreibt Fredrik. Und Anna macht sich Sorgen, Johanna könnte alles *grau und eintönig* finden, wenn sie wieder nach Hause kommt. Denn wer hätte gedacht, daß ihr kleines Mädchen *das große London* sehen und eine Vorstellung *von Macbeth, diesem erschütternden Schauspiel,* erleben würde.

Johannas Enthusiasmus ist sicher echt, aber Andrea hat den Verdacht, daß ihr Stolz es nicht zugelassen hätte, auch nur ein Wörtchen über Sprachschwierigkeiten oder Schlechtwettertage mit strömendem Regen anzudeuten. Sie gehört zu jenen, die alles meistern, was auch passiert. Mit Ebba ist das anders.

Die Abstände zwischen Ebbas Briefen an Johanna sind groß. Anna erwähnt sie auch nicht jedesmal in ihrem Wochenbericht. Häufig steht nur da: *Ebba ist ruhig, aber sie vermißt Dich.* Wie Ebba ist, wenn sie nicht ruhig ist, erfährt man nie.

Während Andrea die Papiere durchsieht, bekommt sie ein ziemlich genaues Bild von einem bürgerlichen Familienleben Ende des letzten Jahrhunderts. Ob es respräsentativ ist, weiß sie natürlich nicht.

Manches erstaunt sie. Wie zum Beispiel, daß Fredrik so ein eifriger Radfahrer ist. Jeden Tag *reitet er auf seinem Stahlroß* draußen im Park, wenn es nicht gerade regnet. Wenn er dann zur Arbeit geht, zieht er sich um und trägt einen Zylinder und graue Hosen. Er ist ein *echter Snob* laut seiner eigenen zufriedenen Aussage.

Radfahren ist offenbar ein Modesport. Und dank eines überlieferten kleinen Unfalls weiß Andrea genau, wie Ebba gekleidet war, als sie den Sport ausübte.

Da sie ihren Rock vorn nicht ordentlich festgesteckt hatte, blieb sie mit dem Fuß hängen und stürzte. Selbst ihre weiten Gymnastikhosen bekamen Löcher, und die langen, blauen Wollstrümpfe zerrissen am Knie. Sie mußte die vordere Bahn in ihrem Rock, die zerrissen war, selbst einsetzen.

Ob Björn auch radgefahren ist, erfährt man nicht. Vielleicht war das selbstverständlich. Aber wenn es so war, hatte er wohl nicht viel Freude daran. Er scheint immer drinnengesessen und gebüffelt zu haben, aber beim Abhören hieß es dann jedesmal: *Nicht genügend geübt.*

Doch der Floh nimmt jede Gelegenheit wahr, sich Ebbas Fahrrad auszuleihen, wenn Ebba nicht darüber wacht. Und so schnell sie kann, radelt sie dann davon zu ihren Freunden. Der Floh ist nie hingefallen.

Sonst verläuft das Leben friedlich und eintönig, im kleinsten Detail voraussehbar. *Das Leben nimmt seinen gewohnten Gang, aber man muß Gott dafür danken und darf sich gar nichts anderes wünschen,* schreibt Fredrik ein wenig resigniert.

Aber meistens übernimmt Anna das Schreiben. Sie schreibt gern. Man merkt, daß ihr die Feder förmlich übers Papier fliegt. Nur manchmal klagt sie darüber, daß es *zäh geht und nicht in Gang kommen will.* Und das kann sie nicht hinnehmen, denn sie hat es immer eilig. Es gibt soviel zu tun.

Ich stehle mir ein Weilchen an Deinem Schreibtisch, um mit Dir zu plaudern, geliebtes Kind, beginnt sie oft. Dann werden es mehrere Seiten, ehe sie sich um die Hausmädchen kümmern, einkaufen gehen, einen Besuch empfangen oder Björn die Hausaufgaben abhören muß.

Andrea findet, Anna nimmt Björn gar zu hart ran. Satzlehre, Grammatik, Deutsch, Muttersprache. In der ehemaligen Gouvernante steckt Energie. Aber alles schafft sie nicht. Etwas muß Björn selbst tun.

Geometrie und Mathematik vor sieben Uhr am Morgen, so ist mein Leben! seufzt Björn.

Trotz der Hetze gelingt es Anna, die Briefe mit den Informationen zu füllen, die Johanna gern haben möchte. Ganz einfach Tratsch, und es ist erstaunlich, wieviel sie sieht und hört. Sie weiß, von wem es heißt, er oder sie sei auf dem besten Weg, sich zu verloben oder sei angeblich sogar heimlich verlobt. Immer hat sie Neuigkeiten von Bekannten:

Traf Svante, der zu kurze Hosen trug, aber noch genauso munter jungenhaft aussah wie immer und Dich grüßen läßt. Oder: Traf Viva auf der Sturestraße. Sie sah in dem schneidenden Wind recht verfroren um die Nase aus. Der Hut stand ihr nicht. Oder: Traf zufällig Ester. Sie hat abgenommen und sah bedrückt aus, studiert jedoch weiter in Uppsala. Sie wünschte so sehr, Du wärst mit ihr dorthin gegangen. Aber das kann so ein unruhiger Geist wie Du natürlich nicht verstehen.

Da war sie wieder, die Bitterkeit über Johannas Treulosigkeit. Andrea hat gelernt, diesen bitteren Unterton wiederzuerkennen. Das ist nicht verwunderlich, denn er taucht hin und wieder auf. Aber meistens ist Annas Ton herzlich und fürsorglich.

Sie ist wirklich unheimlich energiegeladen. Sie scheint überall zu sein, außer wenn sie an der Nähmaschine sitzt. Sie näht gern und liebt Kleider. Und noch nie hat es soviel Schönes in den Schaufenstern zu sehen gegeben wie in dem Herbst, besonders was die Verschönerungsdetails angeht. Gleichzeitig verabscheut Anna alles, was äußerlicher Glanz und Oberflächlichkeit heißt. Es ist schwer, diese Gleichung auf einen Nenner zu bringen.

Andrea kann es nicht.

Weder Anna noch Fredrik scheinen schreiben zu können, ohne Gott und Jesus einzubeziehen. Fredrik ist auf seine Weise fast noch schlimmer als Anna. Aber bei ihm gibt es wenigstens noch so etwas wie milden Trost. Annas Gott scheint strenger zu sein. Andrea hat das Gefühl, es könnte ihn erbosen, wenn man ihn vergäße.

„Waren die Leute damals wirklich so entsetzlich scheinheilig?" fragt sie Großmutter.

Das glaubt Großmutter nicht. Eine gewisse Religiosität gehörte wahrscheinlich zum sozialen Muster, ohne allzuviel zu bedeuten. Anna aber meinte sicherlich jedes Wort, das sie schrieb. Sie war ein Pfarrhofkind mit einer langen Reihe von Pfarrern unter den Vorfahren. Sie nahm ihren Glauben ernst. Fredrik dagegen war auf eigene Faust Christ geworden, was ihn allerdings irgendwie noch gläubiger machte.

„Dann waren die ja richtige Profis damals", stellt Andrea fest.

Über noch eine Sache möchte sie Klarheit. Warum schmieren sie Onkelchen soviel Honig um den Bart? Da wird kein Brief geschrieben, in dem man nicht erfährt, wie es ihm geht. Meistens ist es *wie immer,* aber manchmal ist er ein wenig müde oder auch mal leicht erkältet. Und jeden Tag erscheint er gegen Abend, um ihn mit der Familie zu verbringen. Ihn erwarten ein warmes Glas Punsch und eine leichte Mahlzeit, bevor Fredrik ihm im Schein der Abendlampe laut vorliest, während Anna näht und der dicke Hund Guy unterm Tisch schläft. Die Erzählungen von Zachris Topelius gehören zu den Favoriten, aber manchmal schiebt Fredrik einen Fortsetzungsroman ein. Am liebsten eine richtige Räuberpistole, die mag Onkelchen. Und dann, wenn es Zeit für Onkelchen ist, zu Bett zu gehen, bringen Fredrik und der Hund Guy ihn nach Hause.

„Hatten sie ihn denn nie satt?" fragt Andrea. „Er ist doch uralt, und er ist andauernd bei ihnen. Was hatte er da zu suchen?"

„Darüber haben sich wahrscheinlich viele gewundert", sagt Großmutter. „Onkelchen war eine bekannte Persönlichkeit zu seiner Zeit, General und Graf, Junggeselle, sehr galant und charmant. Als Fredriks Vater starb, wurde Onkelchen Fredriks Vormund. Sie waren wie Vater und Sohn. Und dann blieb es ganz einfach dabei. Er war ein Junggeselle, der das Familienleben liebte, und alle mochten ihn. Er wurde eine Art Großvater, und außerdem verlieh er ihrem bürgerlichen Dasein ein wenig Glanz. Manchmal behängte er sich mit Orden und Ordenssternen und ging zum König Mittag essen. Hinterher hatte er hoffentlich was zu erzählen, und Fredrik blieb das Vorlesen erspart."

„In den Briefen wird er demnächst achtzig, und Anna nervt die ganze Zeit, daß Johanna unbedingt etwas *nettes Englisches* zu seinem Geburtstag schicken soll. Sie scheint sich Sorgen zu machen, er könnte sterben, bevor er das Geschenk kriegt."

„Deswegen brauchte sich Anna eigentlich keine Sorgen zu machen", sagt Großmutter trocken. „Er ist neunundneunzig geworden. Fredrik hat ihm noch fünfzehn Jahre lang laut vorgelesen."

„Das ist ja Wahnsinn! So was würde heute niemand mehr tun. Ich kann mir nicht vorstellen, daß Papa so was tut. Er mit all seinen Besprechungen und Reisen und Vorträgen. Niemals. Und die waren doch nicht mal richtig miteinander verwandt!"

„Bist du sicher?" fragt Großmutter ein bißchen spöttisch.

„Du hast doch gesagt, er war Fredriks Vormund. Dann ist er das doch auch gewesen und nichts anderes?"

Andrea schaut ihre Großmutter fragend an.

„Ja, schon", gibt Großmutter zu, „das war er wohl. Aber es wurde geklatscht. Fredrik hat seinem Vormund so verblüffend ähnlich gesehen. Und seine Mama ist so schön und begehrt gewesen."

„Nee, weißt du", sagt Andrea, „irgendwie muß da schon ein bißchen Ordnung herrschen unter den Vorfahren von einem. Ich glaub', der Alte war bloß ein bißchen bequem. Sonst wäre es ja gar zu schrecklich ..."

11

Aber Onkelchen hat tatsächlich seine Berechtigung, entdeckt Andrea. Er steht auf der Seite der Mädchen. Und auf der Seite des Jungen auch. Er ist es, der feststellt, daß *Björn jetzt weiß, wie man lernt.* Deswegen braucht Björn einen Tag lang nicht zu büffeln und darf mit seinen Kameraden herumstreunen.

Er ist es auch, der sich takt- und rücksichtsvoll in den langwierigen Streit um die Tanzstunden einmischt.

Tanz, das war undenkbar für Mädchen. Akademische Studien, gern – Tanz, nie! Dort verläuft die Grenze, was fromme Eltern ihren Töchtern erlauben können. Ihre Mädchen sollen niemals den Verführungen ausgesetzt werden, die sich unausweichlich auf dem Tanzboden ergeben. Dort lauern die wahren Gefahren, dort blühen Oberflächlichkeit, Eitelkeit und Koketterie.

Du kannst Dir nicht vorstellen, wie Deine Tanzstunden vorwärts und rückwärts gewälzt wurden, es war zum Verrücktwerden, schreibt Ebba. *Selbst Björn war des Geredes so überdrüssig, daß er sagte: ‚Laßt sie doch tanzen, schlimmer als sie jetzt ist, kann sie ja nicht werden.' Hat er das nicht gut gesagt? Mama hat es die Sprache verschlagen, und das sagt alles.*

Aber den Ausschlag gegeben hat Onkelchen. Ihm wagen sie ja nie zu widersprechen. Und jetzt will ich versuchen, mich an jedes seiner Worte zu erinnern. Wie er dabei ausgesehen hat, kannst Du Dir ja selbst denken, zwinkernd und liebenswert, falls Du verstehst, wie ich das meine. Das hat er gesagt: ‚Mir scheint, das einzige, was Johannas vortrefflicher Erziehung fehlt, ist der elegante Auftritt auf dem Tanzboden. Um so wichtiger ist es, dieses kleine Detail zu korrigieren, ehe das Gesellschaftsleben mit seinen Weihnachtsbällen seinen Höhepunkt erreicht.' Ich hätte ihn umarmen können. Ist er nicht das netteste Onkelchen der Welt?

Möge er auch für mich Fürsprache einlegen, wenn ich an der Reihe bin. Ich glaube, er wird es tun, denn er hat mir neulich ein Paar elegante Handschuhe geschenkt. "Eine Dame ist immer <u>bien gantée et bien chaussée</u>,* liebe Ebba", sagte er und sah verschmitzt drein, wie er das manchmal tut. Ich wollte nicht zeigen, daß ich nicht die Bohne kapierte, aber dann habe ich im Französischlexikon nachgeschlagen und die Erklärung gefunden. Du bist ja so begabt und hast das Abitur gemacht, Du weißt es natürlich. Ich hoffe, Du hast erkannt, daß ich das Partizip richtig gebeugt habe. Mobban würde in Ohnmacht fallen, wenn sie es sehen könnte. Das hätte sie nie von mir gedacht, wo ich doch so dumm in Französisch bin.

Ich bin grün vor Neid auf Dich! Daß Du Tanzstunden nehmen darfst!!! Das noch zu all dem anderen! Das ist ungerecht. Du triffst schon so viele junge Männer, richtige Lords genau wie in Romanen. Und nun kommen wohl auch noch Bälle hinzu, deswegen hast Du Dir die Tanzstunden vermutlich erbettelt. Ich kann mir gar nichts Romantischeres vorstellen, als mit einem hübschen Kadett zum Ball zu gehen. Ich bin wahrscheinlich das einzige Mädchen in der Klasse, das nicht tanzen kann, aber das werde ich niemandem gestehen. An Tanz ist im Augenblick für uns Mädchen

---

* Wörtlich übersetzt: gut behandschuht und gut beschuht.

nicht zu denken, denn wir sollen ja etwas lernen. Die Eltern haben endlich einen Konfirmationslehrer gefunden, der bereit ist, mit uns zu lernen, und den sie für tauglich halten. Du weißt, wie kritisch sie sind. Der eine ist ihnen allzu versessen auf alles Weltliche, der zweite schwebt allzusehr über den Wolken, und der dritte ist ihnen nicht fromm genug. Derartige Erwartungen haben sie jetzt an den Pastor. Sie glauben wohl, daß ich mich schon dadurch ändere, daß ich mich im selben Zimmer wie er aufhalte und die Hände auf der Bibel falte. Aber ich bin, wie ich bin, und daran kann sicher kein Pastor etwas ändern. Doch ich möchte gern besser sein. Das weißt Du. Die Schwestern Sandgren sollen auch bei Pastor Ågren lernen sowie die bescheidene, aber langweilige Anna T. Und noch einige, die ich nicht zu nennen vermag. Ich hoffe, es wird ganz fidel. Signe Sandgren läßt sich immer etwas Nettes einfallen.

Signe Sandgren, S. S., denkt Andrea. Kein Verlaß!

Dann blättert sie eifrig weiter in den Briefen, findet aber nur einen kurzen Kommentar zu der verlorenen Schlacht um die Tanzstunden

Vielleicht gelingt es ihnen, Deine Bewegungen weicher und gefälliger zu machen. Aber teuer sind sie. Müssen sie lange währen?
schreibt Anna.

Das klingt, als ob sie über eine unangenehme Gesundheitskur schriebe, die bestenfalls einen nicht definierbaren Nutzen bringen könnte.

Über Ebbas Konfirmationsunterricht hat Anna bedeutend mehr zu sagen. Es ist nicht nur schwer gewesen, Pastor Ågren dazu zu bringen, sich des Unterrichts anzunehmen. Es war auch nicht leicht, eine Mädchengruppe zusammenzustellen, die den richtigen Nutzen aus dem Unterricht zog. Anna wünscht sich von Herzen, Ebba hätte mehr fromme, kluge Freundinnen wie zum Beispiel die nette Anna T.

Jetzt haben sich leider die männertollen Schwestern Sandgren in der Gruppe eingenistet.

Ich fürchte ihren Einfluß auf Ebba, schreibt Anna. *Dein lieber Papa und ich wünschen sehnlichst, ihre Gedanken möchten sich von allem Profanen und äußerlichem Glanz abkehren und zu höheren geistigen Werten und Reife geführt werden. In Ebba ist nichts Böses, nicht das geringste, aber ihr mangelt es an Tiefe.*

Da gibt Andrea ihr recht. Folgendes schreibt Ebba nach ihrer ersten Unterrichtsstunde bei Pastor Ågren:

Er ist so wahnsinnig süß und der Unterricht schrecklich lustig. Wir haben soviel Spaß. Stell Dir vor, ich habe ein neues Kleid bekommen, so blau wie Deins, nur ein wenig heller. Ich habe mir Hemdenärmel mit weißen Manschetten genäht und einen Kragen mit einem weißen Tuch. Wirklich sehr schick. Es hat ganz lange Röcke, und ich habe es heute zum erstenmal angehabt, als ich zur Kirche ging. Ich mußte die Röcke hochheben, sonst wären sie furchtbar schmutzig geworden. Bertil und Ruger waren in der Kirche. Sie saßen unten, ziemlich weit vorn. Sooft sie es wagten, sahen sie herauf zu uns Mädchen auf der Galerie. besonders zu mir. Natürlich habe ich so getan, als ob ich ihre Blicke nicht bemerkte.

Fromme Gedanken sind nicht zu erwarten von Ebba. An und für sich hat Andrea dafür vollstes Verständnis. Sie wurde auch konfirmiert. Den Konfirmationsunterricht gab es im Reitlager. Eine dauernde Erinnerung ist das Pferd Svante. Der Sommer mit Svante war die reinste Liebesgeschichte, nicht mehr und nicht weniger. Aber so was verstehen nur Leute, die Pferde gern haben, und nicht mal die richtig. Sie hat nie jemandem ein Wort davon erzählt, auch Stina nicht. Gleich am ersten Tag hat sie sich Hals über Kopf in Svante verliebt. Und die Liebe wurde erwidert! Das war so unerhört und unerwartet daran. Aber so ist es gewesen. Fast wie ein Wunder. Und immer noch verbindet sie Gott mit der Wärme von Svantes Körper und dem Ausdruck in seinen dunklen Augen. Und dem unfaßbaren und unerklärlichen Kontakt, der zwischen ihnen bestand.

Der Unterricht geriet natürlich in den Hintergrund, aber so war es bei allen. Die Pastorin ritt auch, sogar ziemlich gut. Sie war in Ordnung. Sie begriff, daß man lieber Hindernisse baute, statt über die Macht des Bösen und Gottes Sieg nachzugrübeln. Aber abends hatten sie lange Diskussionen über Leben und Tod. Und wenn sie ins Bett fielen, waren sie fest entschlossen, gute Menschen zu werden, obwohl sie nicht gläubig waren.

Es war eine gute Konfirmationszeit, auch ohne Svante. Aber er machte die Zeit zu den glücklichsten Wochen ihres Lebens. Sie hatte also absolut keinen Grund, verächtlich auf Ebba herunterzuschauen. Die eine hatte Pferde im Kopf, die andere Jungen und Kleider.

Sie waren beide ungefähr gleich gut.

12

Das kleine Mädchen in Andreas Haus hat einen neuen Jungen. Er hat Samtaugen und dunkle Haut und sieht lecker aus wie ein Stückchen Schokolade. Man muß zugeben, sie hat einen guten Geschmack. Sie platzt fast vor Stolz, als sie Andrea im Hausflur grüßt.

In der Schule gehen Stina und Adam, Jenny und Oskar

zusammen. Überall Paare, obwohl es Herbst ist. Wie soll das erst im Frühling werden?

Sogar Papa geht ins Theater, zwar nur mit Lena, die Andrea schon ihr Leben lang kennt und auch mag. Aber trotzdem. Das zeigt, wie es ist. Daß niemand auf Dauer allein sein kann.

„Warum hast du mich nicht gefragt?", sagt sie gereizt.

„Letztesmal hast du mir einen Korb gegeben."

„Da schon", sagt Andrea. „Ich will doch *Norén* nicht sehen und mir anhören, wie sich Leute einen ganzen Abend lang zanken. Und außerdem mußten wir am nächsten Tag eine Arbeit schreiben. Aber die *Drei Schwestern* hätte ich sehr gern gesehen."

„Dann mußt du eben mit jemand anders hingehen", sagt Papa gefühllos.

Natürlich gönnt sie es ihm, daß er mit der guten alten Lena ausgeht, vor allen Dingen, weil er die ganze Zeit seit ihrem schrecklichen Zusammenstoß nett gewesen ist. Trotzdem fühlt sie sich verlassen und traurig.

Die alten Briefe sind kein Trost. Eher das Gegenteil. Johanna amüsiert sich immer so *hinreißend,* daß es an der Zeit wäre, sie kriegte mal einen Dämpfer. Die Engländer scheinen Schlange zu stehen – allen voran ein Mr. Gamble –, um ihr den Hof zu machen. Sie scheint sich unter Lords und Ladies zu bewegen und auch zu reiten! Das ärgert Andrea. Aus irgendeinem Grund will sie alles, was mit Pferden und Reiten zu tun hat, für sich allein behalten. Und nun jammert Johanna, daß sie unbedingt einen neuen Reithut braucht, weil ihr alter schwedischer Hut nicht der Gesellschaft angemessen ist, der sie jetzt angehört.

Selbst Ebba, die sonst immer alles bewundert, was Johanna tut, reagiert darauf.

Was soll an dem Reithut sein? Ich verstehe nichts. Der ist doch gut. Paß nur auf, daß Du nicht so ein Snob wirst, daß Du nichts mehr mit uns hier zu Hause zu schaffen haben willst. Sonst ist hier alles wie immer, und Mobban ist schlimmer denn je und zankt mit und Mädchen, aber Fräulein Westman hat sich verlobt. Die alte Ziege! Dann kann ich ja auch noch hoffen. Bist Du in Mr. Gamble verliebt?

Mama Anna gehört nicht zu denen, die es stillschweigend zulassen, daß sich schlechte Gewohnheiten bei ihren Kindern entwickeln. Vermutlich ist es der verächtlich gemachte schwedische Reithut, der durch die Briefe spukt. Es gibt kein Geld für einen neuen englischen, das steht fest. Sie feuert eine richtige Salve auf Johanna ab.

Bleib edel und schwedisch und denk immer mit Stolz an Dein Heimatland, auch wenn es anderen entlegen und fremd erscheinen mag; laß Dich vor allem nicht von fremdartigen Ansichten über unsere Art, uns zu geben und zu handeln, verwirren. Laß Dich nicht zu sehr von Deiner Umgebung und ihren Werturteilen beeindrucken. Ich hoffe natürlich inbrünstig, Du mögest eines Tages einen guten Schweden finden und nicht „dort draußen" bleiben, wie all Deine Freunde und Bekannten zu erwarten scheinen. Wie ist denn dieser Mr. Gamble? Täglicher Umgang miteinander ist gefährlich. Geliebtes Mädchen, gib acht auf Dich und überlaß die Koketterie herzlosen und engstirnigen Frauen – bleib wahrhaftig und ehrlich. Man soll nicht mehr als einmal im Leben die richtige Art Liebe lieben. Möge die Liebe Deines Herzens einmal einem reinen, edlen und wahren Mann zukommen. Verkauf Dich nie. Gott möge mein liebstes Herzenskind schützen.

Andrea lehnt sich zurück und kaut am Daumennagel. Sie scheinen alle miteinander von der Liebe besessen zu sein, angefangen bei dem Mädchen im Treppenhaus bis hin zur Ururgroßmutter. Die ist siebenundvierzig Jahre alt und predigt, man dürfe nur einmal lieben. Was weiß sie vom Leben und der Liebe? Was glaubt sie? Aber daß sie sagt, man solle sich nicht verkaufen, das ist gut. Das stimmt und ist richtig.

Noch eins muß man ihr zugute halten. Sie kümmert sich. Sie kümmert sich wirklich. Das ist bis ins Mark zu spüren. Man muß sich fragen, wie Johanna den Brief aufgenommen hat. Mit einem Schulterzucken und einem nachsichtigen Kopfschütteln, oder hat sie ihn ernst genommen? Das erfährt man nie.

Kurz bevor Andreas Mama abreiste, hat sie auch den Versuch unternommen, mit der Tochter ein Gespräch über das Leben und die Liebe zu führen. Irgendwie war es ein überraschend altmodisches Gespräch, denn es ging um Verantwortung und Wahrhaftigkeit. Es scheiterte daran, daß Andrea sich verweigerte. Sie fand, Mama habe kein Recht, derartige Worte in den Mund zu nehmen. Damals. Jetzt ist sie nicht mehr so sicher. Jedenfalls hat Mama der Forschung immer zuviel Platz eingeräumt. Die ist immer vor der Verantwortung und der Wahrhaftigkeit gekommen.

Das beste daran ist, daß man sich keine Sorgen zu machen braucht, man könnte über Nacht einen neuen Papa bekommen. Für so was hat Mama keine Zeit, selbst wenn haufenweise ältliche Forscher um sie herum sind. Andrea hat noch nie erlebt, daß sie versucht hätte zu glitzern und zu gurren und sexy zu sein.

Andrea glaubt, daß Mama viel weniger an Männern interessiert ist als Papa an Frauen. Er muß sich und anderen ständig beweisen, daß er immer noch bezaubernd und attraktiv ist. Und das ist langweilig. Andrea mag es nicht. Vor allen Dingen, weil er wie die meisten Männer im mittleren Alter ist, ein bißchen verbraucht, ein bißchen nervig, ein bißchen empfindlich. Doch diesen Teil seines Lebens erledigt Papa jedenfalls diskret. Andrea braucht keine Angst zu haben, fremden Damen beim Frühstück zu begegnen.

Sollte er versuchen, eine Art Ersatz für Mama mit nach Hause zu bringen, dann kriegt die es mit der bösartigsten Stieftochter der Welt zu tun. Das hat Andrea sich geschworen. Es darf keine Eindringlinge im Haus geben, falls es Mama wider Erwarten leid tun und sie zurückkommen würde.

Man kann von Mama Annas Erziehungsmethoden vor hundert Jahren halten, was man will, aber in einem Punkt brauchten sich ihre Kinder keine Sorgen zu machen: Sie war nicht der Typ, der von zu Hause weggeht, um sich selbst zu verwirklichen.

Und ebensowenig vorstellbar ist, daß die Kinder mit ansehen mußten, wie Papa Fredrik sich vor schönen Damen aufplusterte.

13

In der ersten Hälfte des Winterhalbjahrs 1898 geschieht etwas mit Ebba. Für sie scheint es genauso unerwartet zu kommen wie für Andrea.

Immer bin ich verschlafen, aber brav und bescheiden im Unterricht gewesen, plötzlich bin ich wild und verrückt geworden, kannst Du Dir das vorstellen, schreibt sie erstaunt, aber ziemlich stolz an Johanna. Sie prahlt ordentlich damit, daß sie sich kein bißchen mehr um die Lehrer kümmert.

An einem Tag bin ich viermal von Mobban ins Klassenbuch eingetragen worden, wo ich doch noch nie eingetragen worden bin! Ja, ich bin ganz durchgedreht, besonders in Puttes Unterricht. Putte ruft mich nie zur Ordnung, er lächelt immer nur. Ich glaube, er hat eine Schwäche für mich, jedenfalls habe ich so ein Gefühl, und die anderen Mädchen glauben das auch alle. Dabei bin ich doch dumm wie Bohnenstroh in Englisch. Habe ich Dir erzählt, daß Malmgren einige Wochen lang krank gewesen ist? Wir hatten eine Vertretung, einen gräßlichen Kerl mit fettigen Haaren. Gestern habe ich mir Fannys Lorgnette ausgeliehen und ihn hochmütig gemustert. Da rief er mich auf. Ich mußte die französische Hausaufgabe vorlesen, und natürlich habe ich ein Wort falsch ausgesprochen, und er hat mich getadelt. Aber ich habe ihn weiter hochnäsig angeguckt. Die Mädchen lachten lauthals, und da wurde er noch wütender, aber mir war das egal.

Im nächsten Brief schreibt sie:

Mobban hat sich kein bißchen verändert, sie ist fast noch schlimmer als sonst. Auf dem Korridor ist sie wie eine böse Hexe hinter mir her und zankt und schimpft, daß ich nur darauf warte, daß ihr Kröten aus dem Mund springen. Dabei finde ich, daß ich ziemlich folgsam gewesen bin, außer in der Gymnastik natürlich. Ich hasse Gymnastik, und Jungen mögen auch keine Mädchen, die wie Walküren auftreten und mit schwingenden Armen herummarschieren. Kein Wunder, daß Linkan nie einen Mann gefunden hat, so wie sie mit großen Schritten angestiefelt kommt und uns Mädchen mit Kommandos drangsaliert.

Übrigens bekomme ich auf der Snobpiste genügend frische Luft und Bewegung. Ich weiß genau, was Du davon hältst, wenn ich dort flaniere. Aber wir haben soviel Spaß, die Sandgren-Schwestern und ich. Signe kennt einen Kadetten, der hat einen Freund. Ich finde, er hat so hübsche Augen und sieht so männlich aus. Natürlich behandle ich ihn sehr von oben herab, da ich ihn ja nicht kenne und wir uns nur begegnen. Neulich haben wir Hugo und den kleinen Johnny und Kisse getroffen. Sie haben uns Mädchen in die Konditorei eingeladen und wollten alles über Dich wissen. Aber Hugo fragte: „Weiß Tante Anna, daß Du Dich so häufig auf der Snobpiste zeigst?" Ich wurde so wütend auf ihn, daß ich ihm fast eine Ohrfeige gegeben hätte. Was geht ihn das an? Er glaubt wohl, ich bin noch so klein wie Floh und werde nie größer. Kannst Du begreifen, daß sich Leute in ihre eigene Kusine oder in den Cousin verlieben und heiraten? Aber es heißt ja, die Kinder werden komisch. Niemals würde ich Hugo heiraten, und wenn er meine letzte Rettung wäre.

Zwischen den anderen Briefen steckt eine eng beschriebene Karte von Onkelchen. Andrea liest sie sehr genau, erstaunt über diesen direkten Kontakt mit dem alten Mann, von dem es heißt, er sei wie immer. Aber die Schrift kann sie nur mühselig entziffern. Kein Wunder. Er wurde 1814 geboren, und damals schrieb man noch anders. Nach allem, was sie zusammenbuchstabiert, versteht sie jedenfalls soviel, daß er sich über Johannas Brief sehr gefreut hat und ihr nun seinerseits ein paar Neuigkeiten mitteilen möchte, die ihr Spaß machen könnten. Also beschreibt er die Freimaurerkleidung, die König Oscar trug, als er den fünfzigsten Jahrestag seines Beitritts zur Freimaurerloge feierte. Was Johanna vermutlich mehr interessiert hat als Andrea. Aber dann kommt eine kleine Passage, die die Phantasie in Bewegung setzt.

Du hast sicher von der Verlobung des Turners Freiherr Söderström mit der Millionärin Adèle Patti gehört. Er ist 28, sie 55, zwei Jahre älter als ihre werdende Schwiegermutter. Jetzt heißt es, auch Fräulein Fägersköld soll sich mit einem Lotsen auf Öland verlobt haben. Sie hat einen Verlobungsring, will aber erst eine Reise nach Amerika unternehmen.

Diese etwas veraltete Klatschchronik wirkt richtig belebend auf Andrea. Sie hätte nie geglaubt, daß sich Onkelchen für so etwas interessieren könnte.

Aber Ebba ist das alles egal. Sie ist ganz und gar von ihren eigenen Erlebnissen in Anspruch genommen.

Erinnerst Du Dich, daß ich Dir vor einigen Wochen von einem Kadett schrieb, der so männlich aussieht und so hübsche Augen hat? Stell Dir vor, wie man sich in Menschen doch täuschen kann! Es ist unglaublich, wie er sich blamiert hat!!! Er soll von einem großen Hof aus dem Süden kommen und weiß nichts von uns hier in Stockholm, aber trotzdem, es ist zum Weinen. Das hat er zu mir gesagt: "Ich sah das Fräulein mit dem alten General S. zusammen. Das Fräulein trifft ihn offenbar an der Straßenbahn. Ist er vielleicht der Großvater des Fräuleins, oder ist er anders mit ihr verwandt?"

Ich merkte, daß ich blutrot wurde. "Wir sind keineswegs miteinander verwandt", sagte ich. "Er ist der beste Freund meines Vaters und der netteste alte Mann der Welt", fügte ich hinzu, denn ich fand, das sollte er ruhig erfahren.

Nach dieser Aufklärung nahm sein Interesse an mir so jäh ein Ende, daß es schon verletzend war. Er hatte geglaubt, ich sei etwas Feineres und gräflich, etwas, das ihm gerade recht wäre, hast Du so was schon gehört! So ein Snob, es ist ekelhaft, daß man sich übergeben möchte. Seitdem meiden wir einander und grüßen gemessen, aber höflich, denn er soll ruhig sehen, daß ich genau weiß, wie man sich selbst in Zweifelsfällen verhält. Der Idiot! Aber stell Dir vor, wie famos es gewesen wäre, wenn Onkelchen unser echter Großvater wäre. Dann wären wir beide gute Partien, sogar Floh, nehme ich an, obwohl Mama findet, sie sieht so unschön aus. Weißt Du, was sie kürzlich zu Floh gesagt hat? Ich hörte sie in der Diele, als sie ihre Mäntel anzogen. Mama wollte Floh zu einer Kindereinladung begleiten. „Du mußt nur immer fröhlich aussehen, dann merkt niemand, wie häßlich du bist", sagte sie.

Das war doch etwas stark, sag' selbst. Aber Floh lachte nur und hüpfte davon. Ich glaube, dem Kind kann nichts weh tun.

Mir fällt gerade ein, wenn Onkelchen unser Großvater wäre, dann wäre Björn auch ein Graf! Damit würde er nie fertig werden. Er ist so wild, und außerdem nimmt er Schnupftabak, obwohl Mama und Papa nichts davon wissen. Aber trotzdem, wenn es so wäre, dann gäbe es kein Genörgel, daß wir einen Beruf lernen müssen für den Fall, daß wir uns eines Tages selbst versorgen müssen. Ich glaube, ich brauche das nie. Einen Beruf zu haben, das ist so schrecklich unweiblich, ungefähr wie wenn man große Füße hat zum Beispiel. Ich bin sicher, daß ich spätestens in drei Jahren verheiratet oder wenigstens verlobt bin. Und Du kriegst sicher einen Lord, sonst mußt Du Dich mit Mr. Gamble begnügen.

Ach ja, ach ja. Andrea seufzt. Ebba ist, wie sie ist. Aber der arme kleine Floh! Wenn jemand Andrea gesagt hätte, sie soll fröhlich aussehen, damit niemand merkt, wie häßlich sie ist, dann wäre sie in ihrem ganzen Leben nie mehr zu einer Einladung gegangen.

Ebba ist ihrer Sache sicher. Sie weiß, daß die Jungen sie mögen. In dieser Beziehung sind ihre Briefe voller Beweise. Eines Tages bekommt sie ein Pfund vom *feinsten Konfekt*. Von Georg, der so schüchtern ist, daß er sich nicht traut, ihr das Geschenk selbst zu überreichen, sondern seinen kleinen Bruder mit der Schachtel schickt. Und ständig wird sie von den Freunden der Sandgren-Schwestern in die Konditorei eingeladen, von Kadetten und Studenten der Technischen Hochschule. Und es ist sehr wichtig, daß Mama nichts davon erfährt. Johanna muß versprechen, nichts davon in ihren Antwortbriefen zu erwähnen.

Andrea kann das nicht anders als ungerecht finden. Ebba hat keinen vernünftigen Gedanken im Kopf, trotzdem macht man ihr den Hof. Und dann nimmt sie es auch noch als Selbstverständlichkeit, ja, als ihr Recht hin!

Aber soviel anders als Andrea ist sie trotzdem nicht. Denn sie tut etwas, was Stina und Andrea auch getan haben – das heißt, als sie noch viel jünger waren. Sie ruft die Jungen an, für die sie sich interessiert, und fragt nach ihnen mit verstellter Stimme. Wenn sie sich selbst am Apparat melden, legt Ebba auf. Genau wie Andrea das auch getan hat.

Andrea kann gar nicht begreifen, daß die Mädchen das Telefon im neunzehnten Jahrhundert so leichtsinnig benutzt haben. Sie hätte gedacht, daß man diesen seltsamen Apparat mit Respekt behandelte. Und dann steht Ebba da und telefoniert, wenn sie ganz sicher ist, daß kein Erwachsener zu Hause ist!

In der Schule ist Ebba weiterhin wild, und am wildesten führt sie sich bei der Vertretung mit den fettigen Haaren auf. Sie spielt den Clown, bis die Klasse sich vor Lachen windet und die Vertretung wütend wird.

Aber warum sie das macht, versteht Andrea nicht. Dieser Art Streiche müßte sie in dem Alter doch entwachsen sein.

14

Die Erklärung kommt, als mehr als die Hälfte des Schuljahrs vergangen ist. Anna teilt lakonisch mit:

Björn und Ebba haben wieder ungenügende Noten bekommen, wie üblich. Eine Fünf in Mathematik, Deutscher Rechtschreibung, Französisch und Schwedisch.

Ob sie insgesamt in vier Fächern Ungenügend bekommen haben oder jeder für sich, geht daraus nicht hervor. Aber Anna scheint abgehärtet zu sein.

Das ist trotz allem immer noch besser als im letzten Jahr, schreibt sie.

Daß Ebba nicht gerade einen Kopf zum Studieren hatte, das hat Andrea schon begriffen, aber daß es so schlimm war, hat sie nicht geahnt. Kein Wunder, daß sie im Unterricht Unsinn macht und die Schule verabscheut.

Eigenartig ist nur, daß zu Hause niemand erfährt, wie sie sich benimmt. Andrea hatte geglaubt, daß die Schuldisziplin entsetzlich streng war und das geringste Vergehen sofort gemeldet wurde. Doch wie genau sie die Briefe auch liest, sie findet nichts über Ebbas Tadel und Klassenbucheintragungen.

Über Björn und sein Lernen schreibt Anna oft und viel und fast immer hoffnungsvoll, obwohl vermutlich wider besseres Wissen. Was Ebbas ungenügende Zensuren angeht, tut sie so, als ob nichts wäre. Das scheint keine Rolle zu spielen.

Andrea ist an Eltern, die Forderungen stellen, gewöhnt, obwohl es nicht ausgesprochene Forderungen sind. Sie möchte auf keinen Fall mit schlechten Zensuren nach Hause kommen. Deswegen findet sie, Anna und Fredrik müßten Ebba am Kragen packen und sie ordentlich durchschütteln, damit sie aufwacht. Sie geht immerhin schon in die letzte Klasse. Es ist höchste Zeit, daß sie sich zusammenreißt und zu pauken anfängt.

Andrea versteht Anna und Fredrik einfach nicht. Johannas Abitur ist furchtbar wichtig gewesen, das hat sie kapiert. Und Björns Lernen wird ehrgeizig überwacht. Aber Ebba haben sie offenbar aufgegeben. Sie wird wie Floh behandelt – mit freundlicher Nachsicht. Aber Floh ist erst zehn Jahre alt. Bei ihr ist es nichts Besonderes, daß sie dauernd draußen ist und mit ihren Freundinnen spielt. Ebba sollten sie im Auge behalten. Davon ist Andrea fest überzeugt.

Statt dessen scheinen sie ihre ganzen Sorgen auf Johanna zu konzentrieren und sie mit einer Art christlicher Fernkontrolle lenken zu wollen. Andrea bewundert Johanna fast, daß sie überhaupt von ihren Eskapaden erzählt. Schließlich muß sie die ganze Zeit dafür Zurechtweisungen einstecken, christlich milde Zurechtweisungen zwar, aber immerhin.

Gerade haben sie und ein anderes Mädchen einem männlichen Gast im Haus etwas vorgespukt. Offenbar war es ein gelungener Spuk und lustig geschildert. Anna, Fredrik und Onkelchen haben herzlich gelacht. Zunächst. Aber dann war es, als ob Johanna mit nicht mehr als einem Laken bekleidet vor dem jungen Mann Cancan getanzt hätte.

Deinen Auftritt als Gespenst können wir nicht gutheißen. Wir machen uns Sorgen um unsere liebe Tochter und beten darum, daß sie rosig und rein bleiben möge. Du mußt von derartigen Streichen

Abstand nehmen – wie unschuldig sie Dir auch erscheinen mögen. Ein junger Mann kann sie leicht mißdeuten und sich fürderhin weniger achtungsvoll Dir gegenüber verhalten.

Sogar Papa Fredrik – immer mild und maßvoll – warnt sie davor, sich zu beschmutzen. Denn wie die Sitten in einem Land auch sein mögen, man muß sich immer anständig und nobel benehmen. Und wenn Johanna auch nur im geringsten daran zweifelt, wie sie sich verhalten sollte, muß sie Jesus fragen: *Dort bekommst Du eine Antwort, mit der Du leben und sterben kannst.*

So ein Aufstand wegen ein bißchen Spuk! Was für eine komische Phantasie die gehabt haben müssen. *Rosig und rein!!!* Andrea kommt es vor, als ob etwas Klebriges, Muffiges über all dieser Sorge läge. Trotzdem meinen beide es ja nur gut.

Ebba hat einen kleinen Zettel in dasselbe Kuvert geschmuggelt. Wo es geht, spart sie Porto.

Geliebte Schwester,
hast Du vor Mister Gamble oder dem Lord gespukt? Welcher gefällt Dir am besten? Ich nehme an, Gamble. Hat er schon um Deine Hand angehalten? Ich bin so neugierig, daß ich sterben könnte, aber es ist sinnlos, mir etwas darüber zu schreiben, so gern ich auch Briefe von Dir haben möchte, denn Mama und Papa lesen die Briefe immer, an wen sie auch adressiert sind. Wir können keine Geheimnisse haben, vergiß das nicht, ohne dafür zu büßen.
Tausend Küsse von Deiner kleinen Schwester Ebba

Kaum vorstellbar, daß man nicht mal schreiben kann, was man will und wem man will! Das ist nicht nur muffig und überholt. Das ist schädlich. Plötzlich regt sich Andrea über

Annas Erziehungsmethoden auf und über alles, was sie schreibt. Sie sendet ja tatsächlich zwei Botschaften. Erst ermahnt sie Johanna in jedem Brief, ehrlich und wahrhaftig zu sein und sich nicht zu verkaufen. In der nächsten Sekunde füllt sie die Seite mit Tratsch, der meistens davon handelt, wer sich mit wem verlobt hat. Oft sind es Verlobungen, die Anna *brillante Partien* nennt, und das klingt fast sehnsüchtig. Und im nächsten Satz weist sie darauf hin, daß *allzu vielen Herkunft und Reichtum am wichtigsten sind. Diese Oberflächlichkeit bereitet mir spürbaren Schmerz.* Dennoch scheint sie Johanna geradezu in eine Verlobung zu treiben.

Dann wieder entwaffnet sie Andrea mit Zeilen wie diesen:

Du trägst doch hoffentlich Wolle auf der Haut, jetzt, da der Frost gekommen ist? Und Du bist doch hoffentlich sauber bis ins Innerste? Verzeih' meine Indiskretion.

Mütter können geradezu rührend sein. Und sind sich wohl alle ziemlich ähnlich, trotz allem.

Es gibt noch eine Ähnlichkeit, aber diesmal zwischen Johanna und Andrea. Anna schreibt:

Vor mir steht Dein Porträt, gern würde ich Dich in meinen Armen spüren, geliebtes Kind, aber ich weiß, daß Du dich nicht gern umarmen läßt. Das hast Du mir schon vor langer Zeit klargemacht ...

Andrea hat sich ebenfalls ziemlich lange nicht von ihrer Mama umarmen lassen. Stocksteif hat sie sich vor allen Zärtlichkeitsbeweisen draußen auf dem Flughafen weggeduckt, als Mama abreiste.

Ihr armen alten Mütter, denkt sie reumütig. Eine Umarmung sollten sie ja doch wert sein.

15

Der farbsprühende Herbst ist in graues Novemberwetter übergegangen. Die Dunkelheit kommt früh. Die Straßenbeleuchtung ist schon da, als Andrea mit Halsschmerzen und ein bißchen Fieber aus der Schule kommt. Sie kocht sich Tee und nimmt die Tasse mit an ihren Schreibtisch. Die alten Briefe liegen noch genauso da, wie sie sie in der mittleren Schublade hat liegen lassen. Es ist schon eine Weile her, seit sie zuletzt darin geblättert hat. Es ist der 20. November. Zufällig enthält der erste Brief, den sie öffnet, das gleiche Datum.

Kurz bevor Anna sich zum Schreiben hinsetzte, stand sie einen Augenblick am Fenster und sah, wie der alte Laternenanzünder von Laternenpfahl zu Laternenpfahl ging. Und während ein Gaslicht nach dem anderen aufflammte, verwandelte sich die regengraue Straße in eine Perlenkette aus Lichtern.

Im „Saal" sitzt das *rasante Fräulein* an der Nähmaschine und näht an etwas, das ein *entzückendes dunkelblaues Cheviot für Ebba* werden soll. Das Feuer summt hinter den Messingklappen des Kachelofens, und die Gemütlichkeit ist perfekt. Ebba heftet Säume, und Floh sitzt auf dem Fußboden und pfuscht in Windeseile aus übriggebliebenen Fetzen ein Puppenkleid zusammen. Beide hören entzückt dem *rasanten Fräulein* zu, das zwischen den Familien im Bekanntenkreis pendelt und voller Neuigkeiten über Toilette und Alltagskleider, Einsätze und Garnituren ist. Aber das Allerinteressanteste ist, daß sie weiß, wer *eine Neigung gefaßt* hat und wo man schon mit der Vorbereitung der Aussteuer beginnt. Sie weiß auch, wer an gebrochenem Herzen leidet und unglücklich ist. Wenn sie in der Östermalmstraße gewesen ist, kann Anna sich nicht darüber beklagen, daß sie *von der Welt weder etwas sieht noch hört,* denn das *rasante Fräulein* ist mitteilsam. Außerdem ist sie tüchtig. Es gibt keine andere Näherin in Stockholm, die Kleider mit so perfektem Sitz näht wie sie.

Wenn sie im Haus ist, hat Anna gute Laune, und die Feder gleitet schneller als sonst über das Papier. Sie erzählt von hübschen Modellkleidern, die sie im Schaufenster gesehen hat, und von einer fast unwiderstehlichen Garnierung. Aber wie immer ist all das Schöne viel zu teuer. Auch das *rasante Fräulein* kostet. Anna muß den Brief beiseite legen und säumen helfen.

Björn ist von der weiblichen Gemeinschaft ausgeschlossen. Er sitzt in seinem Zimmer und paukt zusammen mit dem Gymnasiasten Olsson, der den Auftrag hat, Björns Zensuren bis Weihnachten zu verbessern. Auch das spürbare Kosten, seufzt Anna. Aber wenn der Junge es nur schafft, dann ist es jedes Opfer wert. Daß die Verantwortung für das Lernen auf die Schultern von Gymnasiast Olsson gelegt wurde, heißt nicht, daß die Eltern im Abhören der Aufgaben nachgegeben haben. Im Gegenteil, um den armen Jungen verhärten sich alle Fronten.

Andrea kann ihn sehen, wie er in seinem Jungenzimmer sitzt und mit Träumerblick aus dem Fenster starrt. Er ist nicht so hübsch wie die Mädchen. Das Gesicht ist geformt wie ein Ei und ernst, die Augen sind dunkler als die der Mädchen, und er ist nicht *goldhaarig* wie sie. Seine Haare sind eher mausgrau. Außerdem hat er große Schneidezähne. Er trägt kurze Hosen mit Wollstrümpfen darunter und einen gestrickten Pullover. Die Sachen trägt er auf einem Foto, und Andrea kann ihn sich nicht anders als so gekleidet vorstellen.

Björn tut ihr leid. Sie glaubt keineswegs, daß er so dumm ist, wie die Zeugnisse zu beweisen scheinen. Sie glaubt, er ist ein ganz gewöhnlicher kleiner Junge, dem es schwerfällt, sich zu konzentrieren. Und solche Jungen werden vernünftig, wenn man sie in Ruhe läßt. Er braucht ein bißchen Spaß zwischendurch, nicht nur das Aufgeheiztwerden in der finnischen Sauna. Das scheint das einzige Vergnügen zu sein, das man ihm gönnt.

Ebba und Anna verstehen sich gut in diesen Tagen, während das *rasante Fräulein* bei ihnen ist. Sie sind beide gleichermaßen in Kleider verliebt.

Wir haben soviel Spaß, Mama, das „rasante Fräulein" und ich. Du kannst Dir gar nicht vorstellen, wie schick mein blaues Cheviot wird. Jetzt wünschte ich nur, ich könnte auch noch ein Leibchen aus Seide haben, aber das findet Mama zu elegant für ein Schulmädchen. Wenn Du nur wüßtest, wieviel Neues die Steen-Mädchen zu Weihnachten bekommen haben. Das Fräulein sagt, Tante Amanda will sie noch vor dem Sommer verlobt sehen. Sie sind betörend schön, sagt das Fräulein. Ach was! Sie scheinen gerade Eroberungen bei einigen norwegischen Kadetten gemacht zu haben. Es heißt, die haben noch nie so hübsche Mädchen wie die Steen-Schwestern gesehen. Dann haben sie nicht viel gesehen! Ich werde richtig wütend, wenn das Fräulein sie so rühmt, als ob es nicht auch noch andere betörende Mädchen auf der Welt gäbe. Märta mit ihrer Kartoffelnase und Elisabet mit ihren schiefen Zähnen! Ich begreife nicht, was an ihnen so besonders sein soll. Mama hat gesagt: „Wie schwer es den Mädchen fallen wird, die zwischen Bäl-

len und Vergnügen hin- und herflattern, wenn sie von ihrem Schmetterlingsleben Abschied nehmen und sich nur noch um Mann und Kinder kümmern müssen."

Ich kann nicht verstehen, was daran so schrecklich sein soll. Sie sollten sich freuen, daß sie ein Schmetterlingsleben führen konnten. Aber ich will nicht jammern. Ich habe für uns Konfirmationsmädchen einen Nähklub gegründet, und unser erstes Treffen durften wir hier zu Hause haben. Es war wahnsinnig lustig, und jetzt nähen wir Kleider für arme Judenkinder, findest Du das nicht auch gut?

Und stell Dir vor, bei den Sandgren-Schwestern habe ich eine ganze Menge neue Studenten von der Technischen Hochschule getroffen. Es war wirklich lustig, und die Uniformen sind ja irrsinnig schick. Die Studenten haben Anna T. und mich nach Hause gebracht, zuerst Anna und mich zuletzt. Mama konnte nichts sagen, denn Anna ist ja ihr Favorit. Guy läßt Dich grüßen. Er ist jetzt so dick, daß ich mich weigere, mit ihm auszugehen. Die Straßenjungen pfeifen und rufen ihm „Läusepudel" nach. Ist das nicht furchtbar, sag selbst?

Dieses Mädchen macht sich wahrhaftig keine Sorgen wegen ihrer Zensuren und der Berufswahl. Sie scheint fröhlich zu sein. Sie ist gesund. Schon lange hat sie kein Wort mehr über Kopf- oder Magenschmerzen geschrieben. Sie plappert drauflos über sich und ihr Leben und scheint zufrieden zu sein.

Diese kleine Welt ihrer arglosen Vergnügen und harmlosen Eifersüchteleien, in der sich alles um die eigene Familie und die nächsten Freunde dreht, zieht Andrea auf seltsame Weise an. Die Welt scheint so sicher, als ob niemals etwas Böses geschehen könnte. Jedenfalls nichts Schlimmeres als ein schlechtes Zeugnis.

An solchen Tagen wie heute, wo Andrea sich allein und ein wenig krank fühlt, würde sie gern in das Mädchenzimmer auf der Östermalmstraße einziehen. Sie würde den gehäkelten Bettüberwurf zusammenlegen, in Johannas Bett kriechen und dort bleiben, bis sie wieder gesund und fröhlich ist.

Sie würde in all den Büchern der Zeit schmökern, die damals für junge Mädchen verboten waren – wie zum Beispiel der schreckliche Strindberg oder die Bücher von diesem Fräulein Lagerlöf, die Onkelchen so lächerlich fand. Andrea würde daliegen und sich ein wenig verwöhnen lassen von Anna und den Dienstmädchen. Sie würde sich um nichts Sorgen machen. Nicht um Atomwaffen, nicht über die Umweltzerstörung, und alle Kriege wären weit entfernt. Sie ist nicht sicher, wo sie sich seinerzeit abspielten. In Griechenland vielleicht, auf dem Balkan und in Afrika?

Und kein Fernsehen, also auch keine Bilder von hungernden Kindern und toten Seehundjungen. Oder, um mal etwas ganz Alltägliches zu nennen, keine Vergewaltiger. Ebba brauchte keine Angst zu haben, überfallen zu werden und eine Messerschneide an der Kehle zu fühlen, wenn sie in der Dämmerung von der Schule nach Hause ging.

Vielleicht ist Andrea aber nur dumm und weiß nicht, wie es damals war. Die Welt vor hundert Jahren war keine Idylle. Damals herrschten Armut und Krankheit, Arbeitslosigkeit und Schinderei, soziale Ungerechtigkeit und Unterdrückung, soweit das Auge reichte. Und Wohltätigkeit. Mama Anna war eine Meisterin der Wohltätigkeit. So waren die Frauen früher häufig.

Natürlich ist Andrea nicht so dumm zu glauben, früher sei alles besser gewesen. Dennoch hat sie den Eindruck, daß die Familie in der Östermalmstraße ziemlich gutgestellt war. Ideen und Ansichten konnten nicht gerade als himmelstürmend bezeichnet werden und waren keinesfalls intellektuell, aber dort gab es Wärme und Fürsorge im Überfluß.

Keins der Kinder kehrte auch nur einmal in eine leere Wohnung mit einer leeren Küche zurück, wo nur eine Nachricht mehr oder weniger praktischer Art mit dem roten Erdbeermagneten an der Kühlschranktür befestigt war.

16

Während Andrea sich zurück zur Romantik der Jahrhundertwende und der Gaslaternen sehnt, sehnt sich Anna davon fort. Sie schielt nicht in die Vergangenheit und zeichnet keine Idylle. Dem alltäglichen Einerlei überdrüssig, setzt sie sich an Johannas Schreibtisch.

Immer hoffe ich, daß ich, wenn ich Dir das nächstemal schreibe, Dir etwas ganz Besonderes zu erzählen habe. Aber das Etwas, worauf ich warte, kommt nie; ganz genau wie in meiner Kindheit. Jeden Tag auf dem Weg von der Schule nach Hause erwartete ich, bei der Heimkehr diesem „Etwas" zu begegnen, was es auch sein mochte, wenn nur <u>etwas</u> geschehen wäre. Obwohl ich nun so alt bin, werde ich immer noch von diesem <u>Einerlei</u> erdrückt, an dem ich so gelitten habe und gegen das ich zuweilen immer noch revoltiere. Aber ich verstehe, daß Gott es mir als Zügel anlegen mußte, da ich andernfalls auf gefährlichen Wegen davongaloppiert wäre. Jede Menschenseele trägt eine „terra incognita" mit sich herum, wo niemand anders als Gott eindringen kann.

Andrea kann sie verstehen. Genauso ist es. So ein Gefühl ist das. Man wartet und wartet, daß das Leben beginnt, und nichts passiert. Doch daß Anna schon als kleines Mädchen an dieser Ereignislosigkeit gelitten hat, ist verblüffend. Denn Andrea weiß durch Großmutter eine ganze Menge über Annas Kindheit Mitte des neunzehnten Jahrhunderts. Als sie zehn Jahre alt war, starb ihr Vater, der Propst. Vorher waren schon mindestens drei der elf Geschwister gestorben. Und bald nach dem Tod des Vaters starben der Einjährige und noch einige. Übrig blieben vier Kinder. Anna war die Älteste. Man sollte doch glauben, sie fürchtete nichts mehr als neues Unglück und hoffte nicht immer noch darauf, daß etwas passierte, *was es auch sein mochte.*

In diesem Propstkind muß Kraft gewesen sein. Andrea erkennt etwas von sich selbst in ihr. Auch sie hat etwas Erschütterndes erlebt und entdeckt, daß die Welt von einer Scheidung nicht untergeht. Das Leben geht weiter, nur unter etwas anderen Umständen. Und die Sehnsucht danach, etwas möge passieren, nimmt auch nicht ab. Sie hat Verständnis für die Großmutter ihrer Großmutter. Sie wünschte nur, die Alte hätte nicht so einen Hang zum Predigen.

Gott mit uns! ruft Anna manchmal, wenn man es am allerwenigsten erwartet. Dann meint Andrea ein Echo aus dem Bataillon von Pröpsten, die es in der Familie gegeben hat, zu hören.

Oben auf dem Brief, gleich unter das Datum, mogelt Anna häufig einen bedenkenswerten Spruch aus dem Evangelium hinein.

Denk an deinen Schöpfer in deiner Jugend! – Ich bin der Weg und die Wahrheit und das Leben. – Das Auge ist des Leibes Licht. Wenn dein Auge einfältig ist, so wird dein ganzer Leib licht sein. –

Bittet, so wird euch gegeben; suchet, so werdet ihr finden; klopfet an, so wird euch aufgetan werden.

Andrea sinnt über die Bibelsprüche nach. Am meisten wundert sie sich darüber, daß Gott genau wie Großmutter das Semikolon benutzt. Aber er hat das ja nicht diktiert. Es geht ja nicht um Moses und die Gesetze.

Dennoch, ist es nicht merkwürdig, daß sie der Meinung war, die Worte kämen direkt aus Gottes Mund? Weil er und Jesus nie weit entfernt sind. Sie scheinen tägliche Gäste auf der Östermalmstraße zu sein. Sie schauen sozusagen kurz vorbei, um die Lage zu kontrollieren, unterwegs zu wichtigeren Aufgaben.

Aber auf was für gefährliche Wege hätte Anna sich verirren können, wenn Gott sie nicht gezügelt hätte?

Andrea meint etwas zu ahnen. Männer. Anna hätte das sicher eleganter formuliert. Junge Männer, Kavaliere oder so ähnlich. Aber darum ging es wohl. Sonst gab es doch nichts anderes?

Andrea schließt die Augen und sieht eine gestutzte Weidenallee in Schonen vor sich. Eine einsame, dunkelgekleidete Gouvernante in langen Röcken und mit einem Schal um die Schultern läuft die Allee entlang. Die Hand drückt sie fest gegen die Brust. Der Wind heult, und es ist Herbst. Sicher ist es ein Reiter, der dort hinten in der Allee zu sehen ist. Wohin ist die Gouvernante auf dem Weg und zu wem?

Das erfährt Andrea nie. Außerdem ist es ja nur Einbildung.

Doch selbst die, die schon lange tot sind, haben einmal schlagende Herzen gehabt.

Und was treibt die freimütige Johanna eigentlich in England?

Wohin geht Ebba, wenn sie sich abends davonschleicht, um, wie sie behauptet, Mamas Briefe nach England in den Briefkasten zu werfen?

Alle sind verliebt, davon ist Andrea überzeugt. Alle, außer sie selbst.

Andrea wartet und wartet, aber nichts geschieht. Aber diese Schelme im letzten Jahrhundert, die haben sich einfach an den gedeckten Tisch gesetzt.

„Du bist selbst schuld", sagt Stina. „Man kann nicht mit gefalteten Händen dasitzen, wenn man möchte, daß was passiert."

Aber genau das kann Andrea.

17

Meine geliebte Schwester,

Du wirst es nicht glauben, und ich kann es kaum selbst glauben, und Du mußt geloben so zu tun, als ob Du nichts wüßtest. Du darfst es niemandem erzählen, nicht mal Viva, denn dann kommt sofort alles heraus. Du weißt ja, wie geklatscht wird. Ich sitze hier bei Signe und schreibe. Zu Hause wage ich es nicht, weil Mama mich überraschen könnte.

Ja, ich bin heimlich verlobt! Ich trage einen Ring, aber nur, wenn ich mit ihm zusammen bin. Zu Hause wage ich ihn nicht zu verstecken. Du weißt ja, wie Mama die Schubladen prüft und die kleinen Geschwister überall herumschnüffeln. Stell Dir vor, ich habe es vor Dir geschafft, obwohl Du doch drei Jahre älter bist als ich. Ich bin wahnsinnig glücklich, und Du kannst Dir vorstellen, wie schwer es mir fällt, mich niemandem anzuvertrauen. Ich möchte ständig über ihn sprechen und muß mich beherrschen, daß ich seinen Namen nicht in den Mund nehme oder ihn in die Schulbücher schreibe. Ich glaube, Signe ahnt etwas, aber sie ist anständig genug, es nicht zu erwähnen.

Jetzt fragst Du natürlich, wer es ist, und wie soll ich, die ich so schlechte Aufsätze schreibe, ihn beschreiben. Kannst Du Dir vorstellen, daß der Direktor zu mir gesagt hat, meine Sprache sei karg und der Inhalt bescheiden – ich könnte platzen! Vielleicht kann ich nicht besonders gut schreiben, aber dürftige Gedanken habe ich nicht! Jetzt will ich jedenfalls versuchen, ihn zu beschreiben, so daß Du begreifst, wie wunderbar er ist, und Dir nicht sagst, Ebba hat einen neuen Schwarm, wir wollen doch sehen, wie lange es anhält.

Erinnerst Du Dich, daß ich Dir von einem Kadetten erzählt habe, den ich schrecklich schick fand, der sich dann aber so entsetzlich blamierte, daß ich nicht mehr mit ihm sprechen wollte. Ja, ich hab' ihn kaum noch gegrüßt, und da, als ich plötzlich kühl und unerreichbar wurde, da erwachte sein Interesse. Ist es nicht seltsam, daß es in Romanen und im Leben dasselbe ist?

Du weißt, wie oft Mama mich zur Straßenbahn schickt, damit ich Onkelchen abhole, und außerdem muß ich noch Guy mitnehmen, damit er ein bißchen Bewegung bekommt. Es macht nicht immer Spaß, mit einem fetten Hund im Schlepptau loszuziehen und einen alten Mann am Arm von der Straßenbahnhaltestelle nach Hause zu führen. Ich weiß ja, daß es der entzückendste alte Mann der Welt ist, und er sieht so vornehm und edel in seinem Pelz aus, aber es kommt vor, daß die Leute zu uns schielen und den Mund verziehen. Das bilde ich mir nicht ein.

Aber jetzt will ich erzählen, was passiert ist. Ich führte Onkelchen wie üblich am Arm, denn es war glatt. Gerade war der erste Schnee gefallen, der jetzt schmolz. Plötzlich riß Guy an der Leine, und ich verlor sie. Natürlich gehorchte er nicht, als ich ihn rief, sondern lief hinter einem ekelhaften, kleinen Mops von Hund hinter-

her, und dann folgte er der Hündin, wurde so widerlich, Du weißt schon wie. Ich genierte mich furchtbar, denn es war ja sonnenklar, daß er einer läufigen Hündin den Hof machte. Aber ich brachte es nicht über mich, es Onkelchen zu sagen. Ich hoffte, daß er es nicht bemerkte. Aber natürlich entdeckte er Guy in weiter Entfernung und fragte, was los sei. Ich wurde bis zum Hals rot. „Nun denn", sagte Onkelchen, „dann gehen wir nach Hause. Er wird schon allein zurückfinden." Ich glaube, er war genauso verlegen wie ich. Wir gingen zusammen weiter und taten so, als ob nichts wäre, aber plötzlich wurden wir von hinten eingeholt. Dort stand mein Kadett mit Guy und salutierte.

Ich war so überrascht, daß ich ihn nicht einmal vorstellte, und das war sicher nur gut, denn er machte es selbst sicher viel besser. Onkelchen war richtig entzückt, Du weißt, wie er ist, und dann durfte der Kadett uns begleiten, und Onkelchen fragte ihn nach seiner Familie und nach seinem Regiment, und ich weiß nicht wonach noch.

Hinterher erzählte Onkelchen Mama und Papa, daß uns so ein liebenswerter junger Kadett von der Kriegsschule nach Hause begleitet hätte. Er nahm das Thema am Abend noch mehrere Male auf, und jedesmal wurde ich dunkelrot und mußte so tun, als ob mir Stecknadeln heruntergefallen wären. Björn ärgerte mich natürlich. Daß ausgerechnet er, der immer über den Schulbüchern einschläft, sofort bemerkt, was er nicht merken soll.

Aber jetzt erzähle ich weiter: Carl hat mir später gestanden, daß er mich schon lange beobachtet hat, wenn ich Onkelchen abholte, und nun sah er endlich die Gelegenheit, wieder mit mir zu sprechen. Sag', ist das nicht romantisch? Und ich hab' nichts bemerkt, denn ich habe ihn nie gesehen.

Jetzt will ich Dir erzählen, wie er aussieht. Groß, bestimmt einen Kopf größer als ich, ja, noch größer. Schlank, gute Haltung. Dunkel, braune Augen. Oh, Du kannst Dir nicht vorstellen, wie schön sie sind, man kann in ihnen ertrinken. Sie sind wie dunkle Brunnen. Kraftvolle, schön geschwungene Augenbrauen. Gerade Nase mit gebogenen Nasenflügeln. Der Mund schön gekräuselt, etwas volle Lippen und ausdrucksvoll. Nach den Augen und dem Mund beurteile ich einen Mann. Er bekommt die beste Zensur. Seine Beine sind ganz gerade, zum Glück kein bißchen o-förmig. Er ist wohl nicht wirklich schön, aber wahnsinnig flott. Ich bin sicher, daß er Dir gefallen wird. Jetzt muß ich aufhören, denn es gibt bald Mittag, und ich möchte nicht zu spät kommen. Sonst fragen sie mich nur, wo ich gewesen bin.

Deine glückselige kleine Schwester Ebba

Und dann noch ein PS:

Gibt es eine edlere Lebensaufgabe für einen Mann, als sein Land mit seinem Leben und Blut zu verteidigen? Ich verstehe nicht, wieso die Leute über Witze von dummen Leutnants und Generalen lachen können. Jetzt will ich Dir noch einen guten Rat geben, falls Du nicht weißt, wen Du am liebsten hast. Stell Dich Weihnachten unter einen Mistelzweig und schau, was geschieht.

Ist die Kiste mit den Weihnachtsgeschenken schon bei Dir angekommen? Mama hat sie schon vor langer Zeit gepackt, und wir haben lauter kleine Dinge hineingelegt. Ist so eine Kiste mit Weihnachtsgeschenken nicht etwas Wunderbares, fast so wie in Märchenbüchern?

So schnell ist es gegangen, und Ebba ist gerade erst sechzehn Jahre alt. Ein paar Monate jünger als Andrea, aber viel reicher an Erfahrungen. Und so glücklich, so beneidenswert glücklich!

Auch in England keimen Romanzen, und die Ärgernis erregenden Tanzstunden führen unweigerlich zum ersten Ball – genau, wie die Eltern es befürchtet haben. Johanna schickt ihnen die Einladungskarte, und alle staunen, wie elegant sie abgefaßt ist. Aber deswegen werden die Befürchtungen nicht geringer, eher im Gegenteil. Außerdem braucht das Mädchen ein Ballkleid, und Anna ist nicht bei ihr, um sie persönlich zu beraten. Auf ihrem ersten Ball darf Johanna nicht aussehen, als käme sie aus einem barbarischen Land. Auch wenn sie auf dem Weg zur Verdammnis ist, soll sie gut gekleidet sein.

Weiße Seide, schlägt Anna vor, was steht einem jungen Mädchen mit reinem Herzen besser? Man kann förmlich hören, wie Johanna schnaubt, aber es wird weiße Seide. Das Geld, das sie nach England schicken, muß für die Seide und die Näherin und für ein Paar Tanzschuhe reichen. Es ist das große Weihnachtsgeschenk von zu Hause, obwohl es ganz gegen Annas Prinzipien ist, etwas so Vulgäres wie ein paar Geldscheine zu verschenken. Aber die Not kennt keine Gesetze. Und die nette Kiste mit den Weihnachtsgeschenken enthält dagegen Kleinigkeiten und Süßigkeiten.

Andrea hat auch schon ein Weihnachtspäckchen bekommen. Es ist ein typisches Mama-Päckchen, eingewickelt in braunes Papier, sorgfältig mit Klebeband verklebt und außerdem mit einem kräftigen Bindfaden verschnürt. Sozusagen Gürtel und Hosenträger, Andreas Mama geht kein Risiko ein. Andrea vermutet, daß es einen Pullover enthält, vielleicht auch eine Bluse. Mamas Geschenke sind vorhersagbar. Eine *feine amerikanische Kleinigkeit,* wie Anna sich wohl ausdrücken würde, ist nicht zu erwarten.

Andrea ist schon ein bißchen neugierig, aber nicht sehr. Sie schiebt das Päckchen ganz einfach in den Schrank. Es ist gerade die erste Dezemberwoche, und gegen besseres Wissen hofft sie, Mama werde ihre Einladung zu Weihnachten wiederholen. Die erste ist im Oktober gekommen, und darauf hat Andrea äußerst kühl reagiert. Sie war so sicher, daß Mama sie noch einmal bitten würde. Und wenn sie es tut, nimmt Andrea den erstbesten Flug, und alles ist gut. Obwohl das gemein gegen Papa und Großmutter ist, aber die beiden kommen auch ohne sie zurecht, redet Andrea sich ein.

Doch im tiefsten Herzen zweifelt sie daran. Papa hat sich zwar phantastisch seit dem schrecklichen Krach verhalten, aber wenn sie zu Weihnachten abhaut, ist es mit seiner Vernunft vielleicht vorbei. Und dann ist es ihre Schuld, wenn etwas schiefgeht. Jedenfalls wird sie so ein Gefühl haben. Und wer soll Großmutter Weihnachten beim Schmücken und mit dem Essen helfen, wenn sie abhaut? Zu den Kusinen hat sie nicht das geringste vertrauen. Oh, das machen wir gern, werden die sagen. Und nach ein paar Stunden ist es ihnen dann zuviel. Die haben immer soviel anderes im Kopf. Sie sind genau, wie junge Menschen sein sollen – ganz und gar von ihren Freunden und Festen in Anspruch genommen. Was kümmert es sie, wenn Großmutter in der Mitte durchbricht beim Schleppen von schweren Einkaufsnetzen!

Weihnachten ist in diesem Jahr ein einziger, alles überschattender Kummer. Andrea muß sich überwinden, um die Adventskerzenhalter hervorzukramen und in die Fenster zu stellen. Sie zittert vorm Lucia-Tag. Papa erwartet ja wohl nicht, daß sie einen Kranz aus Preiselbeerreisig an die Tür hängt und Pfefferkuchen backt wie Mama. Denn das hat Mama merkwürdigerweise getan, obwohl das sonst nicht ihr Stil war. Tatsächlich, jedes Jahr.

„Du bildest dir doch wohl nicht ein, daß er erwartet, du schmückst das ganze Haus", sagt Stina lachend. „Du bist ja verrückt. Ihr müßt eine neue Art Weihnachten feiern.

Komm lieber mit in die Stadt und spiel hier nicht die Märtyrerin. Es ist ja schrecklich mit dir."

Im Gedränge vor den weihnachtlichen Schaufenstern der Kaufhäuser spürt Andrea plötzlich ein Kribbeln kindlicher Erwartung und Weihnachtsfreude. Trotz allem. Und sie hat gedacht, sie wäre schon zu alt für so etwas.

Lachend und redend streifen sie und Stina durch Kaufhäuser und Geschäfte. Sie probieren hier Jeans und dort Pullover, spiegeln sich in vorgehaltenen Festtagskleidern, schieben eine Hüfte vor und stolzieren herum, kichern unter albernen Hüten und probieren baumelnde Ohrgehänge. Und wie immer sieht jedes Stück, das Stina anprobiert, an ihr noch teurer aus. Sie ist feingliedrig, schwarzhaarig und hat einen Teint weich wie Sahne, in die ein Spritzer starker Kaffee gerührt wurde.

Magermilch mit einer erfrorenen Preiselbeere drin, denkt Andrea von sich selbst.

Dann wärmen sie sich bei McDonald's auf, essen Hamburger und begucken Jungs. Andrea ist anzusehen, daß sie Spaß gehabt hat, als sie später zu Hause in den Spiegel schaut. Ihr Gesichtsausdruck ist anders, und sie hat immer noch Lust zu reden und zu lachen. Aber alle Zimmer sind leer und still. Plötzlich hat sie heftige Sehnsucht nach ihrer Mama, wie eine Vierjährige, die allein im Kindergarten zurückgeblieben ist.

18

*W*enn Du wüßtest, wie wundervoll hier alles ist. Wir haben noch mehr Schnee bekommen, und der Sportpark hat geöffnet. Noch nie ist der Rodelhügel so steil gewesen wie jetzt, und er ist herrlich vereist. Wenn Du nur wüßtest, was für ein göttliches Gefühl es ist, mit seinem Liebsten auf dem Schlitten hinunterzufahren. Ich, die ich immer selbst steuern wollte, verzichte jetzt mit Entzücken auf das Vergnügen. Carl sagt, er ist noch nie einem Mädchen begegnet, das so verwegen und mutig ist wie ich. Jetzt weißt Du es also, wo Ihr mich doch alle immer damit gehänselt habt, ich sei weichlich! Aber ich lache nur, wenn der Schlitten umkippt mit uns, denn ich finde fast, das macht das Vergnügen noch größer. Du kannst Dir ja vorstellen, wie Hugo, Kisse und Georg glotzen, wenn sie mich mit Carl fahren sehen. Dann wollen sie auch mit mir Schlitten fahren. Irgendwann werde ich ihnen den Gefallen tun, damit sie mich nicht verpetzen, und dann fährt Carl mit Signe oder einem von den anderen Mädchen. Hinterher stehlen wir uns davon und gehen in den dunkleren Teilen der Anlage spazieren, wo noch keine elektrische Beleuchtung installiert ist. Wir wollen bald ein großes Lichtfest im Park feiern, das wird sicher wahnsinnig schön, wenn alles illuminiert ist.

Dank dem Schnee können wir uns zum Glück in der Sportanlage treffen, wenn er frei bekommt. Du kannst Dir ja gar nicht vorstellen, wie schwer sie in der Militärschule pauken müssen. Fast jeden Tag haben sie Prüfungen, und er möchte ja unter den besten sein. Manchmal treffen wir uns auch bei den Sandgren-Schwestern, und sie sind so taktvoll, daß wir ständig allein sind im grünen Kabinett vor ihrem Salon. Aber sonst muß ich immer aufpas-

sen, daß Mama nicht mißtrauisch wird. Mit Gymnasiasten darf ich ausgehen, besonders, wenn sie mit uns verwandt sind, aber sie würde mich nie mit einem Kadett ausgehen lassen, den sie nicht kennt. Und während ich jetzt Konfirmationsunterricht habe, ist es undenkbar, sich draußen mit Carl zu zeigen. Aber im Frühling nach der Konfirmation wollen wir mit den Eltern reden, und dann kann ich ihn zu Hause und auf der Straße vorzeigen. Wenn Du wüßtest, wie ich mich danach sehne, denn man will sich doch zeigen und sich nicht in Hintergassen herumdrücken.

Stell Dir vor, Johanna, Deine kleine Schwester, die noch ein Schulmädchen ist mit einem Zopf auf dem Rücken, kann die Liebe eines jungen Mannes wecken! Und Du darfst auch nicht glauben, er sei irgendwer. Ich sehe doch, wie die Mädchen ihm Blicke nachwerfen und flüsternd die Köpfe zusammenstecken. Sie wissen ja nicht, daß er mein ist. Aber ich sehe artig aus und tue so, als ob nichts wäre. Ist es nicht merkwürdig, daß es einem von außen nicht anzusehen ist, wie man sich innerlich ganz und gar wandelt, wenn man liebt? Man meint, es müßte durchscheinen.

Vielleicht sickert doch ein bißchen Liebe durch, denn Mama sagte heute morgen: „Es ist merkwürdig, in dieser Kälteperiode sehen Björn und Floh viel gesünder aus, und sogar Ebba hat ein bißchen Farbe bekommen." Da hatte ich das Gefühl, ich wäre falsch. Ich wünschte, ich müßte nicht so oft schwindeln, aber es ist auch aufregend. Das Vergnügen wird noch größer, wenn wir uns endlich treffen, und sei es nur für ein Viertelstündchen in einer Hintergasse.

Und dann kommt noch wie üblich das PS:
Ich habe vergessen, etwas Wichtiges zu erzählen. Natürlich habe ich Carl mißverstanden, damals, als ich so ärgerlich auf ihn war.

Ihm sind Herkunft und Reichtum gleichgültig. Ihm bedeutet es nur etwas, daß seine Gefühle beantwortet werden. Ich kann nicht begreifen, wieso er mich hübsch findet, mich mit meinen dicken

Wangen. Aber stell Dir vor, ich habe fast keinen Appetit mehr vor Glück, und der Rock sitzt auch nicht mehr stramm um die Taille. Ergeht es Dir mit Mr. Gamble genauso? Ich bin noch nicht mal in der Küche gewesen, um Kekse zu stibitzen, obwohl Hanna schon mit der Weihnachtsbäckerei angefangen hat. Vielleicht habe ich auch deswegen ein wenig abgenommen, weil wir in den letzten Wochen vor Weihnachten so mageres, langweiliges Essen bekommen ...

Da klingelt es an der Tür, und Andrea geht öffnen. Stina kommt herein und bleibt wie witternd im Flur stehen.

„Ich vermisse deine Mama. Als sie noch zu Hause war, hat es anders gerochen."

Nur Stina kann so etwas sagen. Andere haben solche Angst, Andrea zu verletzen, daß sie lieber schweigen.

„Okay", sagt sie dann, „was treibst du eigentlich? Bist du mir wegen irgendwas böse?"

„Nein", sagt Andrea. „Das bin ich nicht. Aber ich grabe nach meinen Wurzeln."

„Sollen die da deine Wurzeln sein?" Stina stürzt sich begeistert auf den Brief auf dem Schreibtisch.

„Ein Teil davon", gibt Andrea zu und zieht den Brief zu sich heran. Sie will nicht, daß ihn jemand anders liest, denn jetzt fühlt sie sich wie ein Teil der Familie in der Östermalmstraße. Sie kann es nicht zulassen, daß Stina über Ebba lacht. Das wäre so, als ob sie selbst ausgelacht würde.

Stinas dünne Finger finden ein anderes Briefbündel, an dem sie herumfummeln kann. Sie schnappt sich ein zusammengefaltetes Stück Papier und streicht es mit einem triumphierenden Blick in Andreas Richtung glatt. Aber mit dem Lesen kommt sie nicht zurecht. Sie kann nur das eine oder andere Wort entziffern.

„Wie schaffst du das, und warum machst du das eigentlich? Entdeckst du irgendwelche Geheimnisse? Was steht hier übrigens? *Onkelchen geht in diesem Jahr viel gebeugter, und er hat es nicht geschafft, ein paar Kleinigkeiten für die Kinder zu Weihnachten zu besorgen.* Aha, Onkelchen geht gebeugt, wie aufregend! *Hotchpotchsuppe und Apfelkompott zu Mittag.* Das ist ja rasend interessant! Was für Kostbarkeiten du zwischen deinen Wurzeln ausgräbst!"

„Idiot", sagt Andrea. „Da steht auch noch was anderes. Die hatten einen ganz anderen Lebensstil als wir. Sie dachten sogar anders."

„Das haben meine Eltern auch getan", sagt Stina und sieht Andrea mit ihren schrägen schwarzen Augen bohrend an. „Du hast ja keine Ahnung, wie anders deren Lebensstil war. Arm also. Ärmer noch, als sie es im Fernsehen zeigen können. Aber eines Tages werde ich auch nach meinen Wurzeln graben. Das wird teuer. Das kostet einen Flug, aber es gibt ja Reisen für Adoptivkinder, die sich gespalten fühlen. Damit sie kapieren, was für ein Glück sie gehabt haben. Hotchpotchsuppe mit Apfelkompott, was ist das schon?"

Andrea schweigt. Stina kann sie doch nichts erklären.

„Stell dir mal vor, du weißt, was sie am 8. Dezember 1898 gegessen haben! So was steht in diesem albernen Brief. Meine Vorfahren sind vermutlich schon allesamt vor langer Zeit verhungert. Wenn sie es nicht wider Erwarten doch geschafft haben, hier und da ein Reiskorn zu ergattern. Himmel, wie ich dich wegen dieser Suppe beneide."

„Du hast Krach mit Adam", stellt Andrea fest. „Aber du brauchst deinen Frust deswegen nicht an mir auszulassen."

Sekundenlang starren sie sich böse an, dann fangen sie beide widerwillig an zu lachen.

„Seine Alte ist schuld. Jedesmal, wenn ich bei ihnen zu

Hause war, dreh ich hinterher fast durch. Sie ist reizend zu mir, aber ich fühle, daß sie die ganze Zeit denkt: Warum konnte er sich nicht in ein nettes schwedisches Mädchen verlieben. Da weiß man doch, was man kriegt. Dann bin ich sauer auf ihn. Sie kann ich ja nicht anfallen. Und dann geht alles schief. Und jetzt gehen wir irgendwohin, wo was los ist."

Während Andrea ihre Jacke anzieht, sagt Stina: „Oder wir gehen zu deiner Großmutter."

„Aber da ist doch nichts los!"

„Eben deswegen. Und bei ihr gibt's so leckere Kekse. Komm, wir beglücken sie ein bißchen. Alte Leute haben es gern, wenn man sie besucht. Dann haben sie das Gefühl, noch dazuzugehören."

Andrea überläßt Stina die Rolle der Expertin. Da ist sie großzügig. Stina hat keine Großeltern.

Sie hat allerdings eine wundervolle Adoptivmutter, mit der sie sich ständig in den Haaren liegt, obwohl sie längst damit hätte aufhören sollen. Und zwei kleine Brüder hat sie auch. Die sind nicht adoptiert. Sie sind so echt, wie sie nur sein können. Aber ein Hauch von Mirakel liegt doch über allem, daß es sie gibt. Stina liebt sie heiß und innig.

19

Die Weihnachtsvorbereitungen werden in den Briefen gründlich dokumentiert. Sogar Floh schreibt und erzählt:

Gestern waren Ebba und ich auf einem Englischen Basar, merkst Du, wie gut ich buchstabieren kann, aber wir haben nichts gekauft.

Wir haben auch erkannt, welche Mädchen an den Ständen waren, obwohl die Mädchen sich verkleidet hatten. Drücke ich mich nicht gebildet aus? Gestern wurde auf unserer Straße ein kleiner Junge von einem Pferdefuhrwerk überfahren. Ich schreibe Dir das, weil Du gesagt hast, Du willst alles wissen, was passiert. Ich stricke einen Schal für Ebba, aber er wird wohl leider nicht rechtzeitig fertig. Aber das macht nichts, er wird nämlich nicht besonders gut, denn ich habe sehr ungleichmäßig gestrickt, und Du weißt ja, wie genau sie es nimmt mit allem, was sie anziehen soll. Komm bald nach Hause!
    Deine Schwester Floh

Der Brief bestätigt das Bild, das Andrea von Floh hat. Ein nettes Kind ohne Allüren. Sie schreibt fehlerlos, und ihre Handschrift ist rund und hübsch.

Sogar Björn schreibt. Damit es auch ein richtig gutes Schwedisch wird, schreibt er es erst einmal sozusagen in Kladde. Aber mehr wird nicht daraus. Seine *Kameraden locken* ihn. Und Andrea nickt ihm aufmunternd zu. Er hat sie sich verdient, seine Vergnügen, wie immer sie aussehen mögen. Es wäre durchaus glaubwürdig, wenn er und seine Kameraden sich eine Prügelei mit den wilden Jungs aus dem Nachbarviertel lieferten.

Eine Woche vor Weihnachten fällt mehr Schnee, und Ebba steht am Fenster und sieht zu, wie die leichten Flocken die Luft füllen, während mit Glöckchenringen behängte Pferde vorbeitraben, die mit Waren vollbeladene Schlitten ziehen. Der Schnee dämpft das Hufgeklapper, nur die Glöckchen sind zu hören.

Du kannst es mir glauben, es ist wunderschön. Hast Du kein Heimweh, wenn Du daran denkst, oder liegt bei Euch jetzt auch

Schnee? Ich wünschte, Du wärest hier. Wir würden im Dunkeln in unserem Zimmer liegen und die ganze Nacht miteinander flüstern, denn wir haben viel zu erzählen und zu vergleichen. Ohne Dich wird es kein richtiges Weihnachten, finde ich. Wir hoffen alle, Du mögest nicht solch bezaubernde Unterhaltung haben, daß Du Dich nie mehr auf den Heimweg begibst.

Mama läuft mit feuchten Augen herum und wischt sie heimlich trocken. In diesem Jahr ist gar keine Energie in ihr, und Björn sagte gestern zu ihr, sie müsse auch an uns denken und nicht nur Dich vermissen, denn sonst haben wir ja gar kein Weihnachten. Hat er das nicht gut gesagt? Das hätte ich nie von ihm erwartet. Oft kommt er einem zänkisch und spöttisch vor, und dann wirkt er plötzlich richtig klug. Es wäre zu schön, wenn er zu Weihnachten gute Zeugnisse bekäme. Es wäre besser für uns alle.

Mama beherrscht sich seitdem, und jetzt haben wir es etwas weniger tränenfeucht hier zu Hause. Aber Du glaubst ja wohl nicht, daß ich ständig heule. Ich bin so glücklich, daß ich Dich nicht einmal um das Seidenkleid beneide. Wie tief wird der Ausschnitt sein? Das möchte ich wirklich gern wissen. Während der ganzen langen Weihnachtstage kann ich Carl nicht treffen. Das ist so verdammt schrecklich, aber ich kann nichts dagegen machen. Stell Dir vor, ich hab' in einem Lädchen ein Paar wunderschöne Handschuhe gesehen. Aber sie waren so teuer, daß man sich nicht einmal traut, etwas davon zu den Eltern zu sagen. Ich wünsche mir auch brennend ein kleines, goldenes Herz, das hinreißend schön ist, und ich habe es Mama gezeigt. Aber sie tat so, als ob sie nichts verstände.

Geliebte Johanna, findest Du nicht auch, daß ich im ganzen Wesen erwachsen geworden bin, seit ich Carl kenne? Schule, Freunde, ja, sogar meine geliebte Familie bedeuten mir kaum noch etwas. Meine Gedanken sind ständig bei ihm. Dennoch muß ich lernen, mich in Geduld zu fassen, denn alles muß geheimgehalten werden, bis die Konfirmation endlich vorbei ist. Das sieht Carl auch ein. Er will uns auch nicht verstecken müssen, sondern mich der ganzen Welt zeigen, sagt er. Wenn Mama nur ein wenig anders wäre, würde ich sie fragen, ob wir uns nicht in der Familie treffen können. Das tun andere Jungen und Mädchen auch, in vornehmen und in gläubigen Familien.

Aber ich habe niemals auch nur aus der Ferne für jemanden schwärmen dürfen, ohne daß sie mir ihre Mißbilligung zeigte. Denk nur, wie glücklich die Steen-Mädchen sein können. Tante Amanda teilt all ihre Herzensangelegenheiten und Hoffnungen, aber eine Ziege ist sie trotzdem. Dauernd schneidet sie damit auf, wie einnehmend sie sind und wie sich das ganze Regiment verliebt, wenn die Mädchen sich nur mit Onkel August zeigen. Vielleicht wäre Mama anders, wenn Papa auch Oberst gewesen wäre. Stell Dir vor, kürzlich hat Papa mir Geld zugesteckt, damit ich mit Björn und Floh auf den Weihnachtsmarkt gehen könnte. Er war den ganzen Vormittag mit Mama unterwegs gewesen, und nun hatte er keine Kraft mehr, auch noch mit uns zu gehen. Ich finde ihn jämmerlich, denn er hatte es uns versprochen.

Andrea versteht nicht, was Ebba daran hindert, ihren Kalle am Kragen zu nehmen und ihn zu Hause vorzuführen. Nach den Briefen zu urteilen, ist niemand mehr für Verlobungen zu haben als Anna.

Man sollte doch meinen, daß sie sich freut. Könnte sie Ebba gleich nach Schulabgang verloben, hätte sie kein einziges Problem mehr auf der Welt – außer Björns Zensuren vielleicht. Aber offenbar ist das im Augenblick unmöglich. Und vielleicht macht es Ebba Spaß, das Dasein zu dramatisieren und die Schwierigkeiten noch zu übertreiben.

In Andreas Fall wäre es genau umgekehrt. Papa wäre überglücklich. Endlich, würde er denken. Gott sei Dank, das Mädchen ist normal, trotz allem! Und Großmutter wäre auch glücklich. Nicht, daß sie etwas gesagt hätte – sie und Papa sind taktvoll. Aber man ahnt, was sie denken. Besonders, wenn Stina Hand in Hand mit Adam auf der Straße vorbeisegelt, so hübsch und leuchtend, daß es einem richtig weh tut.

Mama wäre auch nicht unzufrieden. Daß sie schließlich doch noch einen Freund gefunden hat, würde sie sagen und sich von aller Verantwortung befreit fühlen.

Es ist ein Trauerspiel, daß die von allen so heißersehnte Person sich niemals zeigt. Andrea fühlt es, sie wird als alte Jungfer dahinwelken. Die starken Lagerbladschen Gene haben ihr Schicksal ein für allemal besiegelt.

Um sich zu trösten, flieht sie zum Weihnachtsfest 1898.

Anna ist in der Stadt einkaufen gewesen. Ein wenig wehmütig schreibt sie:

Am schwersten ist es, Ebbas Wünsche zu befriedigen. Sie ist so wählerisch und so leicht enttäuscht. Mit Björn ist es leichter. Er wünscht sich nichts als Bücher, möchte nur vorher befragt werden, denn er meint, das meiste schon gelesen zu haben. Ach, ich möchte Euch allen das schenken, was Ihr Euch am meisten wünscht, aber das Schöne ist immer zu teuer. Ich wünsche mir wahrhaftig keinen Reichtum, aber es wäre herrlich, wenn Papa die Weihnachtsgeschenke mit weniger Gedanken an die Kosten verteilen könnte. Es sind so viele, die man erfreuen und nicht vergessen möchte. Gott sieht wohl den guten Willen, aber die Menschen können das nicht, und deshalb fühlen sich viele verletzt und übersehen.

Sie macht sich auch wegen Björns Zensuren Sorgen. Zu Recht. Dem Gymnasiasten Olsson ist es nicht gelungen, dem armen Jungen mehr beizubringen. Wie gewöhnlich kriegt er ein schlechtes Zeugnis.

Aber Ebba schreibt zufrieden: *Ich habe ein ganz anständiges Zeugnis bekommen, und der Inspektor hielt eine gute Rede. Sie war nur entsetzlich lang.*

Das klingt gut. Vielleicht ist sie gereift und konzentriert sich jetzt vorm Endspurt. Wahrscheinlich schämt sie sich, Carl zu zeigen, wie dumm sie ist. Andrea ist zufrieden. Sie findet es etwas ärgerlich, daß ihren Verwandten die Schule schwerfällt.

Die Tage vor Weihnachten sind geschäftig. Anna hat keine ruhige Minute, aber Andrea wundert sich darüber, daß sie nie in der Küche zu sein scheint. Das ist offenbar das Revier der Dienstmädchen. Ebba und Floh helfen beim Keksebacken, aber das ist auch alles.

Sonst nähen sie, was das Zeug hält. Anna bestickt einen grünen Vorhang aus Filz. Sie näht, daß sie ganz rote Augen kriegt, damit der Vorhang rechtzeitig fertig wird. Onkelchen soll ihn bekommen, und Andrea fragt sich im stillen, ob sich ein vierundachtzigjähriger Mann besonders über einen neuen Vorhang freuen wird. Etwas Militärisches wäre sicher passender für ihn.

Ebba ihrerseits näht. Sie ist erstaunlich flink mit Nadel und Faden, ordentlich, fast pedantisch. Jetzt hat sie Nadelkissen mit feinster Petit-Point-Stickerei zu verschenken, Kissen, Brillenfutterale und Etuis, ganz zu schweigen von Taschentüchern mit verschnörkeltem Monogramm und Hohlsaum.

Sie hat es von ihrer Mama gelernt, und Anna ist sehr stolz auf sie.

Ebba hat eine Neigung, für die wir dankbar sein müssen.

Floh fehlt diese Neigung ganz. Sie bekommt nichts mit den Händen fertig. Aber sie backt Kuchen, und Anna hört, wie die Dienstmädchen über Flohs Geplapper lachen.

Johanna ist genau instruiert, mit ihrem Gemüt um sechs Uhr am Heiligabend bereitzusein.

Denn dann zünden wir wie immer den Tannenbaum an und heißen Weihnachten willkommen, indem wir mit den Worten Unseres Herrn von Ihm hören, der zur Erlösung der Welt kam, als es am dunkelsten war. Vereine Dich dann mit uns in Lob und Dank!

Hat sie es getan? Hatte sie an diesem ersten Weihnachten im fremden Land Heimweh? Andrea glaubt es, sonst müßte sie wirklich sehr hartherzig gewesen sein.

Denn zu Hause in der Östermalmstraße steht der Tannenbaum mit brennenden Kerzen. Fredrik liest der Familie, den Verwandten, die Anna in ihrer Güte vor der Einsamkeit bewahrt hat, aus der Bibel vor. Und natürlich liest er auch den Dienstmädchen vor, die mit gefalteten Händen über den weißen Schürzen gleich neben der Tür des Eßzimmers stehen. Anna laufen Tränen über die Wangen, und Fredriks Stimme bebt.

Wir vermißten das geliebte Kind sehr. Es war für uns alle sehr schmerzhaft und für mich mehr, als ich es sagen kann, schreibt Anna. *Aber als dann die Geschenke die Runde machten, trockneten die Wangen der Geschwister, und ihre Augen strahlten wieder. In diesem Jahr scheinen wir ihren Geschmack richtig getroffen zu haben, denn sie waren außer sich vor Entzücken.*

Andrea hält im Lesen inne. Ihre Gedanken fliegen nach Amerika. Wird Mama allein mit feuchten Wangen dasitzen, die Pakete aus der Heimat vor sich?

Hör doch auf, sagt sie streng zu sich selbst. Mama braucht nicht allein zu sein, wenn sie es nicht will. Sie ist in einem gastfreundlichen Land. Außerdem gibt es Telefon. Wenn sie sonst anrufen kann, kann sie ja auch Heiligabend anrufen.

Zurück zur Verteilung der Weihnachtsgeschenke. Floh hat eine Sparbüchse bekommen.

Genauso eine Hundehütte wie Deine und Ebbas. Ich habe den Schlüssel in Verwahrung genommen, aber ich bezweifle nicht, daß sie die Münzen aus dem Schlitz herausangeln wird.

Außer der Sparbüchse hat Floh eine Laterna magica, einen Kaufladen und eine Bibel bekommen. Björn hat eine Dampfmaschine bekommen, die über die Feiertage unter Hochdruck arbeitete, und Bücher. Andrea hofft, sie sind nach seinen Vorschlägen gekauft worden.

Die wählerische Ebba hat eine Lappenweste bekommen. Nach einigem Nachdenken kapiert Andrea, daß die Weste nicht aus Lappen genäht war, sondern eine Weste war, die von Samenmädchen getragen wurde. Damals war Samentracht offenbar in. Johanna bekam genauso eine, und Onkelchen verteilte samische Schmiedearbeiten: echte Silberlöffel. Sogar Johannas geliebte Mrs. Hewett bekam einen hübschen Marmeladenlöffel.

Ebba mochte die Weste nicht und trug sie nie. Sie bekam kein Goldherz. Und keine Handschuhe. Trotzdem freute sie sich mehr und war dankbarer für ihre Weihnachtsgeschenke als in früheren Jahren.

Papa und ich haben bemerkt, daß sie weicher und harmonischer geworden ist. Wir nehmen an, daß der Konfirmationsunterricht bei Pastor Ågren seine Wirkung tut.

Leer ging Ebba natürlich nicht aus. Sie bekam eine kleine goldene Brosche mit Perle, sehr hübsche Knöpfe und eine Kragennadel. Plus den unvermeidlichen Parapluie. Das muß ein Standardgeschenk gewesen sein zu der Zeit, als es weder Gummistiefel noch Regenkleidung gab.

Mama Anna selbst bekam erstaunlich viele Weihnachtsgeschenke. Die selbstloseste von allen wurde anscheinend geradezu überhäuft. Am großzügigsten war Onkelchen.

Andrea wird es langweilig, von all seinen Geschenken zu lesen: handbemalte Teller, Tabletts und Gläser, ganz zu schweigen von einer Arbeitstasche mit einem geheimnisvollen Gegenstand, der sich *in achtzehn verschiedene Werkzeuge verwandeln* ließ. Von ihrem geliebten Mann, dem lieben, lieben Papa, bekam sie: gelbe Schuhe, eine grüne Gießkanne, Parfüm und ein Buch von Topelius.

Andrea versucht sich vorzustellen, wie Großmutters Großmutter in gelben Schuhen herumstolziert mit einem Spritzer Parfüm auf Ohrläppchen und Handgelenken. Aber es gelingt ihr nicht.

Papa Fredrik hat alles mit seinem Geschenk an die ganze Familie übertroffen: eine Kamera. Bisher hat zwar nur er ein paar Lektionen in der Kunst des Fotografierens nehmen können, aber wenn er es gelernt hat, *den Fotografierapparat vollständig zu meistern,* will er sie alle unterrichten. Johanna soll nicht glauben, sie sei vergessen. Er wird ihr seine allerersten Fotos schicken und ihr das Fotografieren beibringen, sobald sie nach Hause kommt.

Er freut sich über sein Spielzeug mindestens genauso wie Björn über die Dampfmaschine und Floh über die Laterna magica. Natürlich ist das eine große Ausgabe gewesen, muß Fredrik eingestehen, aber sie sollen nur abwarten, bis sie die *fotografischen Bilder* sehen. Anna hat ein kühles Verhältnis zum Apparat und zeigt offen Skepsis, ob der liebe Papa imstande sein wird, den Apparat zu handhaben. Da beeilt er sich, ihr zu versichern, das allerschönste Geschenk sei ohnehin die Bibel, die er von ihr bekommen hat!

Zwei Bibeln am Heiligabend! In einem Haus, in dem dies Buch kaum fehlen wird. Papa wußte seine sicher zu schätzen, aber von Floh ist kein Jubelgeschrei zu hören. Das hält Andrea für ein gesundes Zeichen inmitten all dem frommen Christentum. Daß es ein wunderbares Weihnachtsfest gewesen sein muß, schimmert dennoch durch jede Zeile in den alten Briefen.

Am ersten Weihnachtstag erscheint Björn zum erstenmal in langen Hosen! Außerdem in Rock und Weste.

Er sah richtig schick aus, zwar etwas verlegen, aber die Beine sind gerade und elegant, schreibt seine Mutter stolz.

Floh hat ein blaues Kleid mit Goldfäden bekommen, das ihr gut steht. Sie ist furchtbar mager, aber munter wie immer. Beim Mittag nahm Björn zuviel zu sich. Heute ist ihm nicht wohl, nachdem er sich nachts heftig übergeben mußte. Sie haben Weihnachten alle zuviel genascht. Jetzt sehen sie übernächtigt aus, bleich und häßlich.

Andrea denkt eine Weile über die Großmutter ihrer Großmutter nach. Niemand kann etwas anderes behaupten, als daß sie liebevoll, fürsorglich und immer bereit war, ihren Kindern Freude zu bereiten, soweit das möglich war. Aber sie betrachtet sie nicht durch eine rosarote Brille. Anna sieht sie genauso, wie sie sind, mit Fehlern und Vorzügen, aber nicht so, wie sie wünschte, daß sie wären.

Mama ist die einzige Mama, die ich kenne, die nie mit ihren eigenen Kindern zufrieden ist, wie sehr man sich auch anstrengt, schreibt Ebba einmal an ihre Schwester, als es offenbar Krach gegeben hat. Aber um was es ging, schreibt sie nicht.

Andrea fragt sich, ob dieses Knausern mit Lob und Ermunterung sich von einer Mama an die andere vererbt hat in der Familie. Andreas Mama ist nie so überschäumend enthusiastisch über ihre Leistungen gewesen wie zum Beispiel Stinas Mama über Stinas Leistungen. Und die beiden sind nicht mal vom selben Fleisch und Blut! Aber das ist vielleicht die Erklärung. Menschen vom selben Blut erwarten zuviel voneinander und werden enttäuscht.

Papa ist da anders. Er bewundert und lobt sie und ist stolz, wenn ihr etwas gelingt. Er kann solche Gefühle leicht zeigen. Das Schlimme ist nur, daß Andrea sein Lob ziemlich egal ist. Er stellt keine richtigen Anforderungen an sie, findet sie. Verglichen mit Mama. Und Mamas Lob will sie haben. Es ist soviel mehr wert, weil sie nicht verschwenderisch damit umgeht.

Das ist alles wirklich sehr ungerecht, und was für eine Vorstellung, diese Lagerbladsche Knauserigkeit könnte auch in ihren Genen spuken, so daß die Kette niemals unterbrochen wird! Und wieso hat sie all das Schlechte geerbt und nichts von dem Guten? Sie hätte gut und gern ein bißchen mehr von Flohs Munterkeit mitkriegen können, wovon Mama soviel geerbt hat. Und gern auch Ebbas Aussehen – aber ohne das Übergewicht.

20

Bis zuletzt grault Andrea sich vor ihrem Heiligabend. Sie weiß nicht, wie sie ihn dieses Jahr überstehen soll. Doch als er endlich da ist, geht alles viel leichter, als sie es sich vorgestellt hat. Niemand erwartet von ihr, daß sie glitzert und strahlt wie ein kleines Kind. Aber Großmutter sorgt trotzdem dafür, daß alles ungefähr wie immer wird. Sie hält an den Traditionen fest, auch wenn sie langsam fadenscheinig werden. Alle Weihnachtsgeschenke müssen zum Beispiel mit Versen versehen werden. Ein bißchen anstrengen müssen sie sich also doch.

Verglichen mit Ebbas Weihnachten ist das von Andrea natürlich ziemlich schal. Nicht ein einziges Geschenk hat sie mit eigenen Händen gemacht, nicht einen einzigen Pfefferkuchen hat sie gebacken. Alles ist gekauft. Vielleicht sind die Verse deshalb so wichtig.

Aber niemand sagt, daß das Weihnachtsfest in der Östermalmstraße wirklich so wundervoll war.

Anna schreibt:

Nun ist Weihnachten vorbei, viel Essen und viele Naschereien und viel Mühe. Es ist schön, daß wieder Alltag ist. Mir scheint, Onkelchen findet das auch. In diesem Jahr ist er müde gewesen und hat keine großen Umstände mit den Geschenken für die Kinder gemacht. Es gab nur Marzipanschweine und Geldbörsen, die Zwei-Kronen-Münzen enthielten.

Ebba sprudelt auch nicht über bei der Erinnerung.

Hast Du auch so eine gräßliche Lappenweste bekommen? Ist die nicht häßlich? Ich begreife nicht, wie Mama sie kaufen konnte. Sie hat doch sonst einen so guten Geschmack. Aber man kann es sich schon denken: Vermutlich ist die Weste billig gewesen. Puh, alles ist so langweilig. Der Sportpark hat geschlossen, denn das Wetter ist umgeschlagen. Es regnet immerzu, so daß man weinen möchte. Carl habe ich vor Weihnachten zuletzt gesehen. Der anhängliche Georg hat neulich angerufen, aber ich habe ihn ordentlich abblitzen lassen, das kannst Du mir glauben. Sie verstehen nicht, daß ich mir nichts mehr aus Gymnasiasten mache. Immer noch laufen mir beide nach, er und Kisse. Gestern habe ich Viva getroffen. Sie sagte mir, Du habest ihr geschrieben, und Du hast die Näherin ge-

beten, den Ausschnitt tiefer zu machen. Wie tief ist er eigentlich? Und wie wirst Du die Haare tragen? Nicht zu hoch, denn dann siehst Du aus wie ein Pferd. Du wirst bestimmt die Ballkönigin. Vergiß nicht, daß Du mir alles erzählen mußt.

Und dann das unvermeidliche PS:
Geliebte Schwester, muß das Kuvert noch einmal öffnen, um Dir zu erzählen, daß Carl auf mich wartete, als ich zum Unterricht ging. Er schenkte mir eine rosa Rose. Ich soll sie pressen und mein ganzes Leben lang aufbewahren. Wenn Du nur wüßtest, wie flott er ist und wie herrlich. Es gibt nichts auf der Welt, was ich nicht für ihn täte. Aber Signe war beleidigt, weil ich nicht mit ihnen ging, sondern mit Carl durch die Hintergassen. Ich glaube, sie ist ein wenig eifersüchtig auf mich, denn, wenn sie glaubt, daß ich es nicht sehe, wirft sie Carl schmachtende Blicke zu. Du kannst Dir gar nicht vorstellen, wie albern sie dann aussieht. Aber jetzt will ich Dir erzählen, was für ein freches Mundwerk sie hat. Als ich zu den anderen zurückkam, die vor der Tür warteten, sagte sie: „Schaut her, Mädchen, sieht Ebba nicht frisch geküßt aus!" Da wurde ich blutrot, und alle lachten, außer Anna T. Sie wandte Signe den Rücken zu, nahm mich bei der Hand und zog mich zur Tür hinein. Wenn Du wüßtest, was für eine Angst ich hatte, Pastor Å. könnte etwas gehört haben. Das Fenster zum Saal stand nämlich offen. Aber er sieht mich immer ganz freundlich an.

Gleichzeitig mit diesem Brief bekam Johanna noch einen. Man muß sich fragen, wie viele Mädchen außer ihr einen solchen Brief zu ihrem ersten Tanz bekommen haben. Es ist, als ob es um eine lebensentscheidende Prüfung ginge und nicht um ein unschuldiges Vergnügen. Je näher *der Tag vor dem Ball* kam, um so mehr wappneten sich die Eltern durch Beten. Dann können sie nur noch hoffen, daß ihre Gebete erhört wurden.

Heute morgen galten unsere ersten Gedanken Johanna. Papa betete zu Gott, er möge heute ganz besonders über Dir wachen und Dich auf dem ersten gefährlichen großen Ball beschützen. Meine Gebete folgen Dir ohne Unterlaß. Bedenke, daß der Trank des Vergnügens berauscht und den Durst verstärkt, statt ihn zu löschen.

Ich kann nichts anderes tun, als zum lieben Vater im Himmel zu beten, die Schutzengel um Dich herum zu verdoppeln und über Dich zu wachen. Ich weiß ja, wie sehr Du Dich auf diesen Ball freuen mußt, wie er Deine Gedanken und Phantasie in Anspruch nimmt; ich weiß, daß Du froh sein wirst wie noch nie zuvor, wenn Dir Aufmerksamkeit entgegengebracht wird. In Deinem Wesen ist etwas Frisches und Gutes, mögest Du nicht affektiert werden. Benutz Deinen klugen Verstand, den Gott Dir gegeben hat, beobachte und beurteile, was Du siehst. <u>Ich erwarte danach einen Brief.</u>

Der letzte Satz trifft Andrea mitten ins Herz. Er ist so entwaffnend. Neugierig ist sie, Großmutters Großmutter! Sie distanziert sich zwar von allen Vergnügungen dieser Welt, will aber alles darüber wissen.

Kaum hat sie die Schutzengel vom Himmel angerufen, da beschreibt sie in aller Seelenruhe die schönen Tanzkleider der Steen-Mädchen und die *entzückenden rosa Wollspitzen, die sie um den Kopf winden, wenn sie im Wagen zum Ball fahren.* Es sind doppelbödige Botschaften wie gewöhnlich. Andrea wird nicht schlau aus ihr.

Dann setzt Anna erneut zu ihren Befürchtungen und Ausbrüchen an: *Ich sehe Dich ständig vor mir, höre Dich lachen mit weitaufgerissenem Rachen. O mein geliebtes, geliebtes Mädchen ...*

Andrea kann sich kaum etwas anderes in diesem Brief vorstellen, das einen noch dämpfenderen Effekt auf Johanna haben konnte als gerade dieser *weitaufgerissene Rachen*. Man braucht nicht allzuviel Phantasie, um zu sehen, wie Johanna den Kopf zurückwirft und lauthals lacht, daß die großen gesunden Zähne vor dem rosa Zahnfleisch leuchten.

Das Merkwürdige ist, Andrea findet kein Wort mehr über den Ball, so sehr sie auch in den Briefen sucht, nicht den kleinsten Kommentar. Als ob er nie stattgefunden hätte. Dabei hätte sie gern gewußt, was passiert. ist. Wurde Johanna *Aufmerksamkeit entgegengebracht*, durfte sie tanzen?

Während sich die Eltern wegen Johanna im fremden Land Sorgen machen, kann Ebba kommen und gehen, wie sie will. Als ob sich niemand vorstellen konnte, daß sie auch Geheimnisse haben könnte.

Aber das hat sie.

Wenn Du nur wüßtest, wie ich mich nach Dir sehne, geliebte, süße Schwester. Ich habe ja niemanden, mit dem ich offen sprechen kann, und manchmal habe ich ein Gefühl, als müßte ich platzen. Carl ist so ritterlich und fürsorglich. Er warnt mich, draufloszuplappern, denn er befürchtet, ich könnte mißverstanden werden und Tratsch in Gang setzen. Wir sind sehr vorsichtig bei unseren Rendezvous, und dadurch werden sie noch romantischer. Bist Du nicht neugierig auf ihn, oder denkst Du nur an Deinen alten Mr. Gamble?

Der Sportpark ist wieder geöffnet, obwohl nur wenig Schnee liegt. Aber wir können wenigstens Schlittschuh laufen. Jeden Nachmittag spielt Musik, und das ist sehr schick. Ich wünschte bloß, ich könnte etwas graziöser laufen und bekäme keine Schmerzen in den Fußknöcheln. Manche Mädchen schweben geradezu über das Eis. Björn hat gesagt, ich sehe aus wie ein Pummelchen in Deinem dicken Wollrock mit den Gymnastikhosen darunter. Ich bin furchtbar böse auf ihn geworden.

Gestern wollte Mama, daß ich mit ihr zusammen die alten Schwestern Santesson besuche. Tante Klara ist krank und liegt meistens im Bett, und Tante Frida kümmert sich um sie. Sie freuten sich sehr, als wir kamen. Mama brachte natürlich frischgebackenen Hefekuchen und Apfelsinen mit. Ich hatte wirklich das Gefühl, uneigennützig zu sein und unglückliche Mitmenschen zu erfreuen.

Hinterher sagte Mama: „Die armen alten Mädchen, an ihnen ist das Leben vorbeigegangen, ohne auch nur ihre Röcke zu berühren." Sie sind jetzt über siebzig und haben niemals Spaß gehabt. Sie haben nur ihre alten Eltern gepflegt, bis sie starben, und jetzt sind sie an der Reihe, einander zu pflegen, bis sie sterben. Das ist doch so schrecklich, daß man sich die Augen aus dem Kopf weinen könnte, wenn man darüber nachdenkt. Wenig Geld haben sie auch. Jeden Tag denke ich daran, daß ich schon so unendlich viel Schönes und Romantisches erleben durfte, obwohl ich doch erst sechzehn Jahre alt bin.

Kannst Du Dir etwas Schlimmeres vorstellen, als eine alte Schachtel zu werden und mit Deiner alten Schachtel von Schwester zusammenzuleben? Versprich mir, daß Du keine alte Jungfer wirst. Ich wage es mir nicht einmal vorzustellen, Du und ich könnten es werden. Wirst Du auf mehr Bälle gehen, und bist Du wirklich in Mr. Gamble verliebt? Oder spielst Du nur mit ihm, während Du auf Mr. Right wartest? Jetzt muß ich den Katechismus pauken, Du kannst Dir gar nicht vorstellen, wie süß Pastor Å. ist. Die Hälfte der Mädchen schwärmt für ihn, sogar Anna T. Ich würde auch für ihn schwärmen, wenn ich nicht C. hätte. Mama und Papa sind auf einer Veranstaltung der Kirche. Deswegen hast Du so einen langen Brief bekommen.

21

Die Briefe aus England kommen immer donnerstags. Schon am Frühstückstisch liegt gespannte Erwartung in der Luft. Und Anna lauert wie ein Habicht, bis der Briefträger seine Runde auf der Straße macht. Noch ehe der Brief durch den Messingschlitz auf den Fußboden fallen kann, fängt sie ihn auf. Wenn Ebba in der Frühstückspause nach Hause gelaufen kommt, ist er schon geöffnet und gelesen, obwohl er an sie adressiert ist.

Andrea ist schockiert. Das hätte sie nun wirklich nicht von Anna erwartet! Trotz ihrer scheinheiligen Gottesgläubigkeit ist sie offenbar jemand, der in Briefen und Tagebüchern von anderen herumschnüffelt und Schubladen nach Geheimnissen durchwühlt.

Dann kommt Andrea der Gedanke, daß sie selbst nicht besser ist. Sie liest fremde Briefe und amüsiert sich über die Dummheiten anderer Leute. Die sind zwar tot, aber ist da ein Unterschied? Sie betrachtet das Leben dieser Menschen mit den Augen eines Menschen von heute und beurteilt und vorurteilt sie nach den eigenen Vorstellungen, wie es hätte sein sollen.

Was macht das schon, verteidigt sie sich ärgerlich. In hundert Jahren schnüffelt vielleicht jemand in ihren Schubladen. Das wird sie nicht die Bohne stören.

Wie Ebba das fand, daß ihre Briefe geöffnet wurden, darüber steht kein Wort in den Briefen. Jedenfalls scheint es sie kaum verwundert zu haben. Und Anna hat nicht die Spur von einem schlechten Gewissen. Sie meint wohl, ein

Recht darauf zu haben. So erfährt sie, was ihre Töchter einander anvertrauen.

Da wir in der letzten Woche nichts von Dir gehört haben, machten wir uns Sorgen; und deshalb haben wir den Brief an Ebba geöffnet, erklärt sie freimütig, als sei es die natürlichste Sache der Welt. Deutlich spürt man, wie aufgeregt sie ist. Semikolon, Gedankenstriche und Unterstreichungen pfeffern die Briefseiten. Sie schreibt rasend schnell, um alles festzuhalten, was sie fühlt, bevor die Kinder zur Frühstückspause nach Hause kommen.

Geliebtes Kind, beginnt sie. *Welche Ratschläge könnte Ebba Dir schon geben in ihrer Unschuld? Du hast doch Deine Mutter! Verstehst Du Dein Herz – versuch herauszufinden, was es wünscht – was bedeutet Dir dieser Mr. Gamble – mehr als ein Bewunderer? Würde es genug für Dich sein – für alles, was Du aufgibst – Dein Zuhause, Dein Heimatland, die Muttersprache, die Verhältnisse und Gewohnheiten, mit denen Du aufgewachsen bist. Ich frage ja nur, ich weiß es nicht ...*

Und so weiter, und so weiter.

Die Jugend ist selbstsüchtig; leben heißt für sie, sich Freuden zu bereiten, und gewöhnlich fühlt man sich unverstanden. Kind, auch die Alten sind jung gewesen, mit denselben Gefühlen, denselben Wünschen und Träumen. Ich verstehe Dich ohne Worte!

Die *Alte* ist siebenundvierzig Jahre alt. Ein Jahr jünger als Andreas Mama! Und Andreas Mama redet von sich nicht, als sei sie eine *Alte.*

An Andreas Pinnwand hängt ein Foto von ihr. Es wurde zu Sommeranfang auf einem Schiff gemacht. Auf dem letzten Segelausflug ihrer Familie. Mama lacht mit einem Netz von Fältchen um die Augen in die Sonne, braungebrannt, das Haar zu einem Pferdeschwanz hochgebunden. Das Jeanshemd ist offen, und sie ist barfuß in den Jeans. Sie sieht sehr hübsch aus.

Andrea betrachtet das Bild eine Weile, streicht mit dem Zeigefinger über den Pferdeschwanz, bereut es und zieht ihm eine Fratze. Dann sucht sie in dem großen, braunen Kuvert, bis sie eins von Fredriks gelungeneren Fotos von *den Alten* findet.

Dort sitzt Großmutters Großmutter mit Grabesmiene auf einem Stuhl am Fenster. Dünner, kurzgeschnittener Pony über der Stirn, der Rest zu einem dicken Knoten über dem Scheitel aufgesteckt. Weißer Kragen, fast bis zu den vollen Wangen hinauf. Sie sieht immer noch genauso aus wie auf dem Verlobungsbild, nur viel älter. Sie sieht ganz einfach wie eine Frau aus. Man kann verstehen, daß sie sich alt nennt. Unvorstellbar, Anna bei einem Gymnastikkurs.

Aber mit der Feder ist sie schnell. An jenem Tag fällt es ihr nicht schwer, in Fahrt zu kommen. Sie rundet das Ganze ab mit ein bißchen Klatsch über eine junge Verwandte, die gerade aus der Schweiz nach Hause gekommen ist.

Jetzt erwarten die Eltern allzuviel von ihren Sprachkünsten. Wir hingegen setzen keinerlei Hoffnung auf Dein Englisch, auch wenn Du es fließend schreibst und sprichst. Wir hoffen nur, Du mögest bei Deiner Heimkehr eine Stelle bei einer Bank finden.

Andrea zuckt zusammen. Wie blöd ist Anna eigentlich? Sie reißt ja alles wieder ein, was sie mit Teilnahme und Verständnis gewonnen haben mag! Wenn sie Johanna in die Arme von Mr. Gamble treiben will, dann kann ihr nichts Besseres einfallen. Jeder würde doch wohl Mr. Gamble einer Stelle bei der Bank vorziehen. Zu der Zeit. In dem

Milieu. Wenn alles doch nur darauf hinauslief, daß man heiratete.

Nach diesem Brief hat Johanna wohl zugeschlagen. Und es kommt, was alle erwartet haben; von den Dienstmädchen, die sich fragen, warum das Fräulein so lange wegbleibt, bis hin zu Freunden und Bekannten, die dauernd fragen, ob Johanna sich *dort draußen gebunden hat.*

Und Ebba wird ihre Angst los, sich eine alte Jungfer von Schwester aufladen zu müssen.

22

Aber die Nachricht läßt auf sich warten.

Was wird aus Mr. Gamble? fragt Ebba ungeduldig. Du kannst Dir ja vorstellen, wie hier zu Hause geredet wird. Man hat Dich verheiratet, bevor der Abend kommt, aber das wird ein stiller Empfang, wenn Du ihn mit nach Hause bringst. Floh kann kein Wort Englisch, Björn kann nicht viele, und ich habe eine schreckliche Aussprache, und Papa sagt nicht mal auf Schwedisch viel. Er wird sich also auch nicht hinsetzen und auf Englisch losplappern. Aber Mama erfreut sich bereits an dem Gedanken, ihre Sprachkünste anwenden zu können. Sie hat angefangen, mit Wörtern um sich zu werfen, die keiner von uns versteht. Du mußt ihm Schwedisch beibringen, sagt Björn. Onkelchen ist allerdings der Meinung, er könne verständlich mit ihm Konversation machen, falls nicht, müssen sie eben die französische Sprache zu Hilfe nehmen!

Ich möchte wissen, was sie sagen würden, wenn sie wüßten, daß es in unmittelbarer Nähe einen heimlichen Verlobten gibt! Du ahnst ja nicht, wie gern ich von Carl erzählen möchte, damit ich nicht mehr zu unseren Rendezvous schleichen muß. Häufig trennen wir uns bei Sandgrens. Aber es gefällt mir nicht mehr, und einige Male sind wir schon woanders gewesen. Draußen ist es ja so unangenehm kalt, daß man nicht mal still stehen kann. Ich bin ja so verliebt in ihn, und Du kannst Dir nicht vorstellen, wie beschützend und gut er zu mir ist. Ach, es ist wundervoll, aber ständig lauert die Gefahr, daß wir entdeckt werden.

Die Eltern werden unsere Handlungsweise nicht billigen, aber es wäre doch eine große Erleichterung, wenn sie von unserer Liebe wüßten und wir uns verloben könnten. Gott kann nichts dagegen haben. Er ist ja die Liebe, sagt der Pastor. Manchmal, wenn er von der Liebe spricht, heftet er seinen Blick auf mich, und ich frage mich, ob er etwas weiß. Aber wer könnte etwas gesagt haben?

Es ist doch sonderbar, daß jemand wie ich, die ich zusammen mit Carl fast erwachsen bin und so ein Geheimnis mit mir herumtragen muß, noch in die Schule gehen muß. Sie interessiert mich kein bißchen. Meistens sitze ich jetzt da und träume, um die Wahrheit zu sagen. Aber die Mädchen stacheln mich bisweilen geradezu an, mir irgendwelche Dummheiten einfallen zu lassen, und dann kann ich sie doch nicht enttäuschen.

Heute haben wir wahnsinnig viel Spaß gehabt im Sportpark. Nach dem Frühstück hatten wir scheuerfrei. Und stell Dir vor, mir ist es gelungen, den dicken Direktor höchstpersönlich den Rodelhügel hinaufzulocken. Aber dann weigerte sich der feige alte Kerl, sich von mir hinunterfahren zu lassen, sondern zog es vor, allein abzuziehen.

Die Mädchen waren sehr erstaunt über meine Keckheit, und da war ich noch aufgedrehter.

Als ich nach Hause kam, hatte Papa gerade wieder einen Anfall von seiner Fotografierlust gehabt. Der Salon voller Rauch, weil Papa einen Magnesiumblitz benutzt hatte – heißt das wirklich so? –, und er hatte auf Mama und Tante Amanda, die gerade zu

Besuch war, dieselbe Wirkung wie ein Klistier, Du kannst Dir also vorstellen, wie es war.

Noch ist es ihm nicht geglückt, jemanden von uns auf die Platte zu bannen, obwohl Papa sagt, er entwickelt sie nach allen Regeln der Kunst. Ich glaube, bis jetzt enttäuscht die Kamera ihn mehr, als daß sie ihn froh macht, denn es kommt überhaupt nichts dabei heraus, was man vorzeigen könnte.

Stell Dir vor, wenn wir beide bis zum Sommer richtig verlobt sind!

Aber noch ist es erst Anfang Februar. Es herrscht Grippe, und jeden Tag gibt es Todesopfer. Papa Fredrik liegt blaß und matt in den Kissen, aber seine Bartstoppeln wachsen kräftig und rötlich.

Wie es bei Leichen auch der Fall sein soll, schreibt Ebba erschrocken.

Floh wird auch krank, und Björn sieht elend aus. Onkelchen schreitet wie ein Engel des Lichts zwischen den Betten hin und her und verteilt Zitronen und russische Marmelade. Da genesen sie wieder.

Alle wundern sich darüber, daß ich, die ich doch immer anfällig war, gesund bleibe und rote Wangen behalte. Im Augenblick kann mir nichts etwas anhaben! Ich fühle mich stark und bin glücklich und habe Carl oft getroffen. Mama ist ja davon in Anspruch genommen gewesen, die Kranken zu pflegen. Ich wünsche ihnen richtig einen Rückfall, so schön ist es für mich gewesen! schreibt Ebba.

Als Schlußeffekt kommt eine Neuigkeit über Björn:

Kürzlich kam er mit einem Tadel nach Hause, weil er eine Schnupftabakdose mit in die Schule gebracht hat. Gustaf Lejonmark, dem seine Dose aus Versehen auf den Fußboden gefallen ist und der zum Direktor gerufen wurde, hat seine Mitschuldigen verpetzt. Sag, sieht das diesem stutzerhaften Jüngling nicht ähnlich?

Die Geschichte mit der Schnupftabakdose gefällt Andrea. Beweist sie doch, daß Björn nicht ganz so unterdrückt ist, wie es den Anschein hat.

Der genesene Floh konnte sein fröhliches Leben mit den Freundinnen noch nicht wieder aufnehmen. Sie darf das Haus noch nicht verlassen und benimmt sich genau so, wie man es von einem Kind des neunzehnten Jahrhunderts erwarten kann: Sie brät Pfannkuchen auf ihrem kleinen Puppenherd und zwingt alle, die verbrannten Klümpchen zu essen.

Aber immer noch keine Jubelrufe wegen einer Verlobung. Es ist, als ob die Zeit auf der Stelle träte und nichts passierte. Erst Mitte Februar kommt die Erklärung. Ebba schreibt:

Geliebte Johanna,
wie traurig, daß Mr. Gamble abreisen muß und ganz nach Indien geschickt wird. Ich gebe Dir recht, er muß eine schreckliche Familie haben, daß sie diesen Schurken von Bruder geschickt haben, um ihn abzuholen. Es hat mich grenzenlos traurig gemacht. Ich habe ein Gefühl, als ob nicht nur Du nicht gut genug für diese Rotzfamilie bist. Es ist, als ob wir alle abgewiesen worden wären, Mama, Papa und die Geschwister, ja, ganz Schweden. Ich mußte weinen, als ich im Bett lag, und erwachte mit furchtbaren Kopfschmerzen. Es wäre wunderbar gewesen, wenn Du Dich endlich verlobt hättest. Es wäre schick gewesen, wenn ich den Mädchen in der Schule und den Lehrern davon hätte erzählen können. Mobban hätte etwas gehabt, worüber sie nachdenken muß. Mama behauptet, sie ist froh, daß es mit Mr. Gamble nichts geworden ist. Sie

will einen schwedischen oder norwegischen Schwiegersohn haben. Aber es wäre schon schön für sie gewesen, wenn sie Gratulationen empfangen hätte, anstatt selbst immer anderen gratulieren zu müssen. Papa war ganz zufrieden, glaube ich. Dein Brief klang mutig, als ob Dir das alles eigentlich nichts ausgemacht hätte. Aber ist das nur Stolz? Dein Herz ist doch hoffentlich nicht gebrochen??? Das ist schwer zu erraten, denn Du sagst nie, was Du fühlst, wenn es um Liebe geht. Mich lachst Du nur aus. Ich glaube, ich wäre gestorben, wenn Mr. Gamble mich verlassen hätte.

Ich habe es auch nicht leicht, weißt Du, obwohl ich sicher bin, daß mich mein Junge liebt. Er ist bei allen Einladungen und Bällen sehr begehrt, und er mag die Gastgeber nicht vor den Kopf stoßen und nicht nein sagen. Es macht wirklich keinen Spaß, zu Hause zu sitzen und zu wissen, daß Carl Abend für Abend mit anderen Mädchen tanzt. Er sagt, er denkt nicht einmal daran, wer diese Mädchen sind, und merkt auch nicht, ob sie hübsch oder häßlich sind. Aber ich höre die Mädchen über die Tänze reden, und dann nennen sie oft seinen Namen. Es ist traurig, nicht eingeladen zu sein. Oh, wenn wir tanzen dürften, wie wunderbar wäre das. Warum müssen ausgerechnet unsere Eltern so idiotische Vorstellungen haben?

Außerdem ist etwas Gräßliches passiert. Auf Signe Sandgren ist kein Verlaß. Carl und ich sind sicher, daß sie Tratsch über uns verbreitet. Wir haben beide Sticheleien zu hören bekommen, daß man uns zusammen gesehen hat, und als ich eines Tages zum Nähklub bei Anna T. kam, hörte ich die Mädchen flüstern, während ich mich im Vorraum auszog. Aber als ich eintrat, verstummten sie ganz plötzlich. Nur Anna T. versuchte, das Ganze zu überspielen und mit mir zu sprechen. Die anderen schielten zu mir hin und kicherten.

Du kannst Dir ja denken, daß ich die Sandgren-Schwestern nicht mehr besuchen gehe, und das macht es Carl und mir noch schwerer, uns zu treffen. Mama ist natürlich froh, daß die Sandgren-Schwestern hier nicht mehr ein und aus gehen und ich mehr mit Anna T. zusammen bin. Mama hat ja immer gesagt, daß Signe kein anständiges Mädchen ist. Aber wie sie das herausbekommt nach dem bloßen Äußeren eines Menschen, ist mir ein Rätsel.

Jetzt schneit es. Das ist schön anzusehen, aber mir ist dennoch sehr traurig zumute. Stell Dir vor, mit uns geht es doch noch wie mit den alten Mädchen Santesson. Vielleicht ruht eine Art Bann auf uns, so daß wir nie heiraten werden. Ich hatte gedacht, bei Dir würde es ganz schnell gehen, denn Du bist ziemlich schick und außerdem begabt, das sagen alle, und ich werde wohl als niedlich bezeichnet. Die Mädchen behaupten, ich sei eine richtige Gymnasiastenflamme, aber was wird aus so einer?

Nun darfst Du aber nicht glauben, ich traue Carl nicht. Mich überkam nur solche Schwermut, als ich von Mr. Gambles Abreise erfuhr.

Nichts im Brief erstaunt Andrea. Daß auf Signe Sandgren kein Verlaß ist, wußte sie schon. Und in Mr. Gamble hat sie auch kein besonders großes Vertrauen gehabt. Allein der Name reicht, um die Ohren anzulegen. Der Bruder ist natürlich im Auftrag der Familie erschienen, um das schwedische Mädchen zu inspizieren, und er befand, daß nicht viel mit ihr los war. Kein Geld, keine vornehmen Verwandten und nicht das beste Englisch der Welt. Vielleicht hat sie sogar mit weitaufgerissenem Mund gelacht und sich ganz allgemein schwedisch und freimütig benommen.

Aber wenn Mr. Gamble das gewesen wäre, was Großmutters Großmutter als einen edlen und wahren Mann bezeichnete, hätte er sich nicht abschrecken lassen. Sicher war nicht viel mit ihm los, da er offenbar schnell das Weite gesucht hatte.

Das Merkwürdige ist, daß es genau wie nach dem ersten Ball keinen Brief von Anna gibt. Bestimmt hat sie geschrieben und ihre Ansichten dargelegt, etwas anderes ist unvorstellbar. Aber der Brief ist weg. Johanna hat ihn wohl vernichtet. Man möchte einen gewissen Abstand zu seinen Eltern haben. Sie brauchen nicht alles zu wissen. Anna hat eine Begabung, einem allzu nah zu kommen mit ihrer Anteilnahme und ihren Predigten.

Andrea ist froh, daß ihr Papa nie fragt, woran sie gerade denkt und ob sie traurig ist. Er fürchtet nämlich nichts mehr als Tränen. Fangen sie an zu fließen, können unkontrollierte Gefühle aufwallen, und dann, meint er, kann wer weiß was passieren.

Dennoch weiß sie, daß sie sein Augenstern ist. Wenn es nötig wäre, würde er sie bei Einsatz seines eigenen Lebens dem Tod aus den Klauen reißen. Er würde für sie durchs Feuer gehen, wenn es nötig wäre.

Aber über ihre Gefühle möchte er nichts wissen.

Er will ganz ruhig zu Großmutter sagen können – und zu Mama übrigens auch –, daß mit Andrea alles in Ordnung ist. Die Scheidung hat sie sehr reif und verständig hingenommen. Sie war kaum mit ihrem Weihnachtszeugnis zu Hause angekommen, da raste er schon los, um es Großmutter unter die Nase zu halten. Guck bloß mal! Mit dem Mädchen gibt es keine Probleme. Die schafft es.

Andrea liebt ihn. Tatsächlich. Aber manchmal fragt sie sich schon, wie einfältig er eigentlich ist.

23

Die ganze Familie scheint einen dicken Strich durch die Episode mit Mr. Gamble gemacht zu haben. Und Johanna ist wieder in Aktion. Ende Februar geht sie in der Weihnachtsweste zu einem Maskenball als Lappenmädchen verkleidet. Groß, blond und einem Samenmädchen so unähnlich wie man sich nur denken kann, aber sehr zufrieden mit ihrem Kostüm.

Ich verstehe, daß Du Dir viel Vergnügen vom Ball erwartest, aber ich bete zu Gott, er möge Dich vor allen gefährlichen Zerstreuungen bewahren, schreibt Anna kurz und bündig.

Sie scheint sich daran gewöhnt zu haben, daß Johanna tut, was sie will, ohne um Erlaubnis zu bitten. Vielleicht sieht sie das neue Foto, das Johanna nach Hause geschickt hat, deshalb mit kritischen Augen.

Du scheinst von der reichhaltigen englischen Kost dicker geworden zu sein, und wie häßlich Du Deine Haare trägst, Kind! Ich fand Dich sehr verändert.

Im übrigen hat Anna viel zu tun. Floh hat Masern gehabt, Onkelchen ist erkältet und *stark gealtert,* und Björn hat Fieber und Halsschmerzen.

Vielleicht habe ich vor lauter Sorge wegen all der Krankheiten Ebba vernachlässigt, fährt Anna fort.

Sie hat in diesem Winter abgenommen und wird wieder von Kopfschmerzen gepeinigt, sie ist ernster als früher, ohne weinerlich zu sein; ich glaube, die Konfirmandenzeit hat ihrem inneren Wesen gut getan. Ich freue mich über ihre Freundschaft zur kleinen Anna; endlich scheint sie die

Oberflächlichkeit der Sandgren-Mädchen durchschaut zu haben.

Das klingt nicht gut, und Andrea sucht nach Briefen von Ebba. Der halbe März vergeht ohne eine Zeile von ihr, aber dann findet Andrea eine abgerissene Briefseite ohne Anfang und Ende.

... mitten in der Morgenandacht in Ohnmacht gefallen und wurde hinausgetragen. Mobban trug mich an den Füßen und Putte oben. Hinterher sagten die Mädchen, ich hätte ausgesehen wie tot. Ich wünschte, ich wäre es gewesen, aber ich erholte mich natürlich, und Mobban war mächtig mütterlich und schickte mich nach Hause. Die verläßliche Anna T. mußte mich begleiten als Stütze für den Fall, daß ich wieder ohnmächtig werden sollte. Es war so schrecklich, daß ich gar nicht davon erzählen mag. So etwas habe ich noch nie erlebt. Es war ein Gefühl, als ob das Leben selbst aus meinem Körper sickerte, und das Dummchen Anna begriff natürlich nichts, und ich mochte auch nichts sagen.

Hanna kümmerte sich um mich, als wir nach Hause kamen. Mama war zum Glück Besorgungen machen. Hanna brachte mich ins Bett und sammelte meine beschmutzten Kleider ein und sagte: „Ich werde das hier sofort waschen. Mach dir keine Sorgen. Es ist wirklich schlimm, wenn man über die Zeit ist. Das brauchen wir der gnädigen Frau nicht zu erzählen."

Dann flößte sie mir heißen Kaffee ein und gab mir ein Pulver gegen die Pein, und selbst wenn es tödliches Gift gewesen wäre, ich hätte es ohne Zögern geschluckt, solche Schmerzen hatte ich. Du kannst Dir nicht vorstellen, wie lieb Hanna zu mir war; ich bin ja immer das Lieblingskind der Dienstmädchen gewesen, mehr als Ihr anderen, aber trotzdem. Sie hat mich so liebevoll gepflegt. Mama denkt ja immer, daß ich mich anstelle, und Anteilnahme könnte mich noch kränker machen. Ist es nicht seltsam, ich weine ...

An der Stelle ist ein Stück vom Blatt abgerissen.

Aus diesem Brief kann man verschiedene Schlüsse ziehen. Andrea kann sich absolut nicht vorstellen, daß Ebba ... Das ist unmöglich. Ganz und gar unmöglich. Nicht zu der Zeit. Und wo hätte es geschehen können. Im grünen Salon, während die Sandgren-Mädchen Wache hielten? Niemals. Auf S. S. war ja kein Verlaß.

Aber dennoch. Ebba hat von heimlichen Rendezvous erzählt, die sie als beschämend empfand. Und daß es nichts gab, was sie ihm verweigern würde. Sie ist verliebt, sie ist wie verhext von der Liebe.

Nein. Das hätte sie nie gewagt. Klar schneidet sie damit auf, wie keck sie ist, aber das ist doch nur ein Spiel. Und sie machte nicht den Eindruck, als wüßte sie überhaupt etwas. Anna hat sie ganz bestimmt nicht aufgeklärt. Sie wollte ihre Töchter doch *rosig und rein* haben.

Aber vielleicht gerade deswegen?

Nein. Ebba nicht. Sie hat nur wie immer dramatisiert.

Andrea weiß nicht, was sie glauben soll, und stürzt sich auf den nächsten Brief, in dem sie mehr zu erfahren hofft.

Du kannst Dir nicht vorstellen, wie nett alle zu mir sind in der Schule, seit ich wieder hingehe. Ja, das ist wirklich auffallend. Sogar Mobban hat gefragt, ob ich mich auch stark genug fühle. Sie behauptete, meine Wangen seien so eingefallen, aber das kann ich nicht finden. Ich möchte so schlank wie Astrid H. sein. Du weißt, Lisas Schwester. Man kann ihre Taille mit den Fingern umspannen, und niemand wird auf den Bällen so oft zum Tanz aufgefordert wie sie.

Ich nehme an, Du ahnst, daß ich nicht glücklich bin, da ich seit mehreren Wochen nicht geschrieben habe. Aber ich habe nichts mehr zu schreiben, und ich fühle mich so merkwürdig matt. Meistens bleibe ich über den Schulaufgaben sitzen und warte und warte. Obwohl ich ihm viele Male gesagt habe, er darf nicht schreiben oder Blumen schicken oder telefonieren, hoffe ich dennoch, daß es eines Tages an der Tür klingelt, und dann steht er davor ...

Weißt Du, das Schreckliche ist, daß wir uns immer weiter voneinander entfernen ohne ein Wort der Erklärung, ja, ich traue mich nicht zu fragen, und er will vielleicht nichts sagen. Trotzdem ist es so seltsam, denn wenn wir uns treffen, ja, dann ist es, als ob wir uns nie wieder trennen könnten, als ob die Gefühle stärker strömten denn je. Nie ist er so zärtlich gewesen wie jetzt, da wir uns so selten sehen.

Aber sein Leben geht unaufhaltsam voran, er marschiert richtig davon mit geradem Rücken und erhobenem Kopf, doch ich bleibe zurück und trete auf der Stelle und komme nirgendwohin. Ich sehe mich selbst in den Schaufenstern, ein dickliches Schulmädchen in einer dicken Jacke und einem Rock, der bis zu den Waden reicht, und am schlimmsten ist Mamas alte Pelzmütze, die sie mich immer wegen meiner armen Ohren zu tragen zwingt. Es ist nämlich immer noch sehr kalt.

Die Mädchen, die er auf den Bällen trifft, sind elegant und gewohnt, sich anmutig aufzuführen, und viele von ihnen haben vermögende Eltern mit bekannten Namen.

24

Die Tage vergehen, und das Licht kehrt zurück. Plötzlich sind die Straßen trocken, und Anna geht ohne Galoschen (!) spazieren und sieht die Schneeglöckchen in den Anlagen sprießen.

Die Zeit der Dunkelheit liegt wieder hinter uns genau wie die der Kälte, ruft sie fröhlich im Brief aus. *Märta Steen hat sich mit einem jungen Leutnant verlobt, und Tante Amanda ist über alle Maßen entzückt. Er hat am Griechischen Krieg teilgenommen und kann sich schon mit Orden schmücken. Es heißt, er soll der Tüchtigste aus dem Wurf seiner Sippe sein, an Vermögen fehlt es auch nicht. „Mama ist so glücklich, daß sie wieder jung geworden ist", sagt Märta. Elisabet ist sicher die nächste. Sie war geradezu betörend schön, als ich sie das letzte Mal sah.*

Beide Mädchen lassen Dich grüßen und Dir sagen, sie warten auf die Neuigkeit über einen englischen Verlobten. Wie Du Dir ja vorstellen kannst, fand Ebba die Verlobung sehr „romantisch". Sie hat Märtas Krieger mit ganz hingerissenen Augen betrachtet. Später bekam sie heftige Kopfschmerzen und mußte sich hinlegen. Die arme, kleine Ebba ist frühjahrsmüde und bekommt jetzt Eisenmedizin. Onkelchen ist wie immer. Eben ist er von einem Besuch in strammem Überrock und mit gelben Handschuhen zurückgekommen und verehrte mir ein Sträußchen Veilchen. Seinesgleichen gibt es nicht auf dieser Erde. Erfreu' ihn mit einem Brief.

Diese Verlobungen, diese Verlobungen! Sie hängen Andrea zum Hals heraus. Als ob eine Verlobung die bewundernswerteste Heldentat wäre, mit der eine Tochter ihre Mutter erfreuen kann! Offenbar kann sich nichts anderes damit messen, nicht mal das Abitur. Besonders dann nicht, wenn die Tochter nicht weiterstudieren will.

Für Anna kann es nicht besonders angenehm gewesen sein, ständig gratulieren zu müssen. Und für Ebba war es auch nicht angenehm. Kein Wunder, daß sie Kopfschmerzen bekam, wenn die Lage sich in ihrem Leben zuspitzte.

Aber die Frühlingssonne scheint und dringt sogar ins

Klassenzimmer. Ganz zerbrochen ist Ebba offenbar doch noch nicht.

Da holte ich meine Uhr hervor und ließ die Sonne darauf scheinen, so daß die Sonnenlichtreflexe über die Wände hüpften, schreibt sie. *Die Stimmung hob sich sofort, und Putte warf mir einen bösen Blick zu. Da ließ ich den Sonnenreflex mitten in sein Gesicht fallen. Er raste natürlich vor Wut, aber um solche Kleinigkeiten kümmere ich mich nicht mehr. Ich machte weiter, solange es mir Spaß machte. Manchmal ist es ein Gefühl, als ob der innere Druck etwas nachließe, wenn ich mich so idiotisch benehme.*

Erinnerst Du Dich an die nette Familie, die Ende des Sommers schräg gegenüber in unserer Straße eingezogen ist? Der Vater ist ein hoher Offizier beim Militär, und die Mädchen sind etwas älter als wir, aber liebenswürdig und fröhlich. Sie führen ein lebhaftes Haus mit ständigen Einladungen, und die Mutter setzt sich immer ans Klavier, und dann beginnt der Tanz.

Kürzlich hatten sie einen großen Ball am Abend. Ich saß hinter der Gardine, ohne das Licht anzuzünden, und sah die Wagen vorfahren und ihre Ladung Damen in eleganten Kleidern und Herren in Uniformen und Frack absetzen. Die ganze Wohnung war erleuchtet, und es sah sehr festlich aus. Später am Abend wurden die Fenster geöffnet, denn es war wohl zu warm dort drinnen geworden, und da strömte Musik und das Gesumm fröhlicher Stimmen heraus. Ich konnte meinen Ausguck nicht verlassen. Ich bildete mir ein, Carl sei unter den Kavalieren. Hin und wieder meinte ich ihn im Tanz an den Fenstern vorbeiwirbeln zu sehen, aber stets so schnell, daß ich nicht sicher sein konnte. Ich saß dort, in eine Decke eingewickelt, bis das Fest vorüber war, und da war mir eiskalt, und mein ganzer Körper zitterte.

Wenn ich es gewagt hätte, hätte ich Papas Revolver genommen und ihn geladen. Ich wollte ihn töten, um dem Leiden ein Ende zu bereiten. Hattest Du jemals bei Mr. Gamble das Gefühl, daß Du ihn umbringen wolltest? Es war wie eine fixe Idee, und ich konnte gar nichts anderes mehr denken. Aber als die Gäste dann das Haus verließen und unter den Lampen an der Tür standen, sah ich ganz deutlich, daß ich mich getäuscht hatte. Carl war nicht dabei. Da weinte ich darüber, statt über seinem toten Körper.

Am nächsten Morgen hatte ich eine heftige Migräne und wollte mein verweintes Gesicht nicht zeigen. Mama erlaubte mir, bis zur Frühstückspause zu Hause zu bleiben. Aber hinterher schickte sie mich in die Schule. Den ganzen Nachmittag saß ich in Tagträumen versunken da und hörte nicht zu. Mobban sagte: „Kleine Ebba, ist es sicher, daß es dir gut geht? Willst du nicht nach Hause gehen und dich ausruhen?" Hat man so was schon gehört!

Ich weiß nicht, was über sie gekommen ist, aber sie ist so nett zu mir geworden, daß es schon peinlich ist. Manchmal möchte ich wissen, was sie hinter meinem Rücken über mich reden, da alle so nett zu mir sind. Aber die Lehrer können doch wohl nicht wissen, daß mein Herz gebrochen ist. Mama hat ja auch keine Ahnung. Sie redet von der Konfirmation und begleitet mich Tag für Tag in Gebeten und freut sich, wenn ich allein zur Kirche gehe. Aber keine Predigt tröstet mich, nicht einmal, wenn sie gut ist.

Geliebte Johanna, alles ist so kolossal traurig, und ich kann mit niemandem reden. Immer muß ich so tun, als ob ich fröhlich wäre, denn ich will nicht, daß die Mädchen Mitleid mit mir haben. Also ziehe ich nach der Schule mit Kisse los, sogar mit diesem unerträglichen Georg, nur um es ihnen zu zeigen.

Märtas Krieger sieht ganz annehmbar aus, hat aber ein Nußknackerkinn. Es fiel mir schwer, so zu tun, als ob ich glücklich über ihre Verlobung wäre. Warum müssen die schönen Steen-Mädchen alles haben und wir gar nichts? In der letzten Konfirmationsstunde hab' ich Pastor Å. gefragt, warum Gott so große Ungerechtigkeiten geschehen läßt. Aber er konnte mir keine über-

zeugende Erklärung geben, jedenfalls keine, die mir half. Bei jeder Frage, die ich stelle, werden die Augen des Pastors besorgter, und die Mädchen sagen, ich mache ihm das Leben schwer.

Ich wünschte, ich könnte glauben wie Mama und Papa. Dann könnte ich Nonne werden und mir weitere Enttäuschungen ersparen. Lach nicht über mich. Ich nehme die Konfirmation ernst, jetzt, wo das Leben schwer geworden ist. Anfangs habe ich das nicht getan. Da dachte ich meistens an die Jungen, die unter der Galerie saßen und mich ansehen.

Carl habe ich seit zehn Tagen nicht gesehen, und da sind wir uns auf der Straße begegnet und haben uns wie Fremde gegrüßt. Ich bin jetzt so durchtrieben, ich beherrsche viele Tricks, um nicht zu zeigen, was ich fühle. Eine Sache ist ganz wichtig, das mußt Du wissen: Jungen wollen nie etwas haben, was andere zurückgewiesen haben. Niemals darf man jemanden ahnen lassen, daß man verschmäht worden ist.

25

Jungen wollen auch nichts haben, was bei anderen nicht hoch im Kurs steht, denkt Andrea.

Nach Weihnachten ist sie etwas geselliger geworden und ist auf einigen Festen gewesen. Einige Male ist sie mit Stina und Adam, Jenny und Oskar ausgegangen. Sie ist mit Johan gegangen, und da sie nicht allein miteinander waren, ist es ganz gut gegangen. Aber es liegt an Oskar, daß sie Johan erträgt.

Jetzt hat Johan plötzlich eine ganz unerwartete Initiative ergriffen. Er will sie mit zu einer Vorführung in einem Filmklub irgendwo draußen in einem Vorort nehmen. Andrea war so überrumpelt, daß sie ja sagte. Aber dann bereut sie es und möchte sich elegant aus der Affäre ziehen.

„Idiot", sagt Stina. „Irgendwo muß man anfangen, sonst passiert nichts. Man darf nicht allzu wählerisch sein. Auch so hoffnungslose Typen können ungeahnt nette Kumpel haben. Wie Johan. Guck dir nur Adam und Oskar an. Vielleicht hat Johan etwas in der Hinterhand, was du noch nicht weißt."

Aber Johan hat keinen aufregenden Freund im Filmklub. Dort wirken alle wie er selber, und der Film ist sehr merkwürdig und tschechisch. Andrea versteht nicht das Geringste. Doch Johan schweigt keine Minute in der Diskussion, die dem Film folgt. Und er scheint es für selbstverständlich zu halten, daß sie einen wunderbaren Abend erlebt hat, und sagt, das müßten sie nächsten Monat wiederholen.

Kaum, denkt Andrea, begnügt sich aber damit, etwas unbestimmt zu lächeln. Lieber ist sie allein mit den alten Briefen, anstatt mit einem Jungen auszugehen, nur, weil es sich so gehört. Man kann ja nicht endlos mit seinen Qualitätsansprüchen heruntergehen.

„Dann weißt du nicht, wie Mädchen sind", sagt Stina. „Manchen ist alles recht. Man kann leicht in Panik geraten."

Das ist bei Andrea nun wirklich nicht so. Wäre es Oskar gewesen, dann wär' es was anderes gewesen. Aber der ist besetzt. Und außerdem ist sie ja gar nicht in ihn verliebt. Sie möchte nur gern mit jemandem zusammen sein, der so ist wie er, nur ein bißchen hübscher.

Kino mit Johan, schreibt sie in ihr Tagebuch. Solche Notizen sehen flott aus. Sie blättert einige Wochen zurück und entdeckt zu ihrer eigenen Überraschung, daß sie wohl vergessen hat, ihr ewiges *unglücklich* zu notieren. Es gibt kein *unglücklich* seit dem Abend vor Weihnachten.

Offenbar ist sie auf dem Weg der Besserung. Das Leben ist nicht mehr ganz so nachtschwarz.

Bei der „glücklichen Familie" in der Östermalmstraße dagegen herrscht Katastrophenstimmung. Die Bombe ist geplatzt, aber es vergehen mehrere Tage, ehe Ebba es über sich bringt, darüber zu schreiben. Und da ist sie verwirrter als sonst und sehr kurz angebunden. Anna verliert kein unnötiges Wort. Sie ist aufgeregt und verzweifelt.

Andrea liest und faltet den Brief zusammen. Ein wenig kann sie selbst ergänzen, und dann hat sie den Ablauf klar vor Augen.

Ebba läuft die Straße hinunter, um rechtzeitig im Konfirmationsunterricht zu sein, und sieht Carl auf sich zukommen. Sie bleibt mit pochendem Herzen stehen. Einen Augenblick sieht Carl aus, als wollte er die Straßenseite wechseln, um ihr nicht zu begegnen, überlegt es sich aber anders. Dann stehen sie einander gegenüber. Und dann geht es, wie es geht, und sie können einander nicht loslassen, *so stark waren unsere Gefühle,* erklärt Ebba.

Aber als Ebba endlich die Augen glückselig öffnet, steht Tante Amanda auf der Treppe der nächsten Haustür. Sie hat gerade ein Dutzend Leinenhandtücher zur Näherin gebracht, die das Monogramm hineinsticken soll. Und Tante Amandas neugierigen Augen entgeht nichts, die, wie Ebba behauptet, wie unreife, grüne Stachelbeeren aussehen.

Da steht sie und starrt die beiden ganz schamlos an. Und es dauert einen Augenblick, ehe Ebba sich so weit gesammelt hat, daß sie einen Knicks machen und Carl grüßen kann.

Tante Amanda neigt den Kopf mit säuerlicher Miene und sagt: „Hätte ich es mir doch denken sollen, daß es Ebba ist. Was glaubt Ebba, was Mama hierzu sagen wird?"

„Jetzt ist es aus mit mir", sagt Ebba zu Carl und hofft, er werde sie nach Hause begleiten und den Eltern alles erklären und hinterher um ihre Hand anhalten.

Aber Carl küßt sie nur zärtlich, bevor er davoneilt. Er dreht sich nicht einmal um. Und Ebba steht allein da auf der Straße. An allen Fenstern und Türen stehen Leute und glotzen sie an, sogar rotznasige, kleine Kinder mit dem Daumen im Mund. Voller Verzweiflung läuft sie durch die Hintergassen zum Hafen. Dort bleibt sie etwas abseits von den Segelfrachtschiffen stehen. Zum Glück hat sie keinen Mut, ins Wasser zu springen. Schon deswegen nicht, weil soviel ekelhaftes Zeug zwischen den Schiffen schwappt.

Sie sitzt auf einem Holzstapel und starrt ins Wasser, ohne zu weinen und fast ohne zu denken, bis ein Seemann auf sie zukommt. Da bekommt sie es mit der Angst zu tun und geht auf Umwegen nach Hause, um niemandem zu begegnen, den sie kennt.

Tante Amanda hat schon *ihre schmerzhafte Pflicht* erfüllt, und Fredrik und Anna erwarten Ebba.

Am meisten peinigt sie nicht etwa, daß ich meinen Ruf für alle Zeiten verdorben habe, sondern daß ich ihr Vertrauen mißbraucht und heimlich einen Kavalier gehabt habe. Ob Du Dir wohl vorstellen kannst, wie furchtbar das Verhör und alle Vorwürfe waren? Es wäre viel, viel besser gewesen, sie wären rasend vor Wut auf mich gewesen, statt traurig und enttäuscht. Ich wünschte, ich wäre tot.

Dann folgt das gewöhnliche PS:

Alles haben sie aber doch nicht erfahren. Das meiste habe ich verschwiegen. Wenn Du mich verpetzt, bringe ich Dich um.

Doch auch Johanna fällt in Ungnade. Da hat sie monatelang Briefe von Ebba erhalten, ohne die Eltern davon zu unterrichten, was vor sich ging! Sie können nicht verstehen, wie sie so verantwortungslos sein konnte, und Ebba hat es auch nichts genutzt. Im Gegenteil! Die Eltern sind tief enttäuscht von Johanna. Sie haben etwas anderes erwartet.

Wie immer kommt Onkelchen den Mädchen zu Hilfe. Eine kleine Liebesgeschichte ist doch nicht die Welt! Auf seine taktvolle Weise bietet er sich an, sich über den Kadetten zu informieren. Vielleicht ist es ja trotzdem ein ganz ehrenhafter junger Mann.

Aber nein.

Niederer Adel auf mütterlicher Seite, der Vater tot, natürlich keinen roten Heller in der Tasche, aber schon ausschweifende Gewohnheiten; soll jedoch einen guten Kopf haben; ihm wird eine glänzende Laufbahn vorausgesagt, zumal er wertvolle Verbindungen für die Zukunft pflegt. Sein Name wird im Zusammenhang mit der jüngsten Tochter von Oberst K. genannt. Er ist auch ein gerngesehener Kavalier auf Bällen, ein guter Tänzer und gewandter Unterhalter, wird rapportiert.

Es ist nur zu verständlich, daß ein so galanter junger Mann Ebba den Kopf verdreht hat, aber was hat er in ihr gesehen? Sie besitzt ja weder Vermögen noch Verbindungen, nur ihr ungekünsteltes Wesen und ihre romantische Veranlagung. Eine leichte Beute, konstatiert Anna bitter.

Nach vielen Erörterungen hierhin und dahin entscheiden die Eltern, daß Ebba konfirmiert werden soll, wie geplant. Pastor Å., der natürlich eingeweiht wurde, hält es für wichtiger denn je. Gott stößt Sünder nicht von sich.

Alles soll weitergehen, als ob nichts geschehen wäre. Mag auch geklatscht werden, nachdem Tante Amanda ihre Runde gemacht hat, aber Ebba wird zur Schule geschickt wie gewöhnlich. Dort wird sie von den Klassenkameradinnen wie eine romantische Heldin behandelt, und anfangs gefällt ihr das, aber dann hat sie plötzlich genug. Sie will weg, irgendwohin, Hauptsache, niemand kennt sie, wenn sie nur in Ruhe gelassen wird mit ihrem gebrochenen Herzen.

Andrea versteht Ebbas Verhalten nicht.

Es dauert nicht langte, da schreibt Anna an Johannas geliebte Mrs. Hewett und fragt, ob Ebba im Sommer zu Besuch kommen darf. Und für den Fall ist Papa Fredrik mehr als bereit, sie dorthin zu begleiten und den Heimweg über Paris zu nehmen, wo gerade die große Ausstellung stattfindet.

Jetzt ereifert ihr euch doch, denkt Andrea. Mit unglücklicher Liebe muß man rechnen. Das gehört dazu. Nur sie selber ist eine traurige Ausnahme, weil sie sich anscheinend überhaupt nicht verlieben kann, weder glücklich noch unglücklich. Stina zum Beispiel ist schon mindestens viermal todunglücklich gewesen.

Ebba wird sich wieder erholen. Sie ist nicht die einzige, die Liebeskummer hatte. Sie braucht keine Englandreise.

26

Aber Ebba muß reisen. Mrs. Hewett erklärt sich gern bereit, Johannas kleine Schwester aufzunehmen. Und Ebba stößt einen Jubelschrei aus:

Wie himmlisch das wird! Wir beiden, Du und ich, werden uns fabelhaft amüsieren. Wenn ich nur nicht zu dumm wirke, so daß Du Dich wegen Deiner kleinen Schwester schämen mußt!

Dann gibt es eine Weile keine Jubelrufe mehr. Anna schreibt, Ebba gehe es schlecht. Ist es nicht der Kopf, der weh tut, dann sind es die Ohren, und nachts schläft sie nicht. Und sie, die den ganzen Winter über so rosig ausgesehen hat, ist käsig und hat schwarze Ringe unter den Augen. Sie ißt auch nicht mehr, sondern stochert nur noch im Essen herum.

Plötzlich, ohne jede Erklärung, kommen neue Botschaften. Anna ist sachlich wie immer.

Da Ebbas Abendmahl auf den 14. Mai vorgezogen wurde, ist sie jederzeit danach zum Aufbruch bereit. Die Abschlußfeier in der Schule braucht sie nicht abzuwarten. Da sie in Französisch, Schwedisch und Deutsch durchgefallen ist, meint der Direktor, sie solle auf ein Abgangszeugnis verzichten. Ich habe Mrs. Hewett bereits über die veränderten Pläne unterrichtet. Jetzt gilt es, Reisebegleitung für Ebba zu finden. Papa sieht sich nach genauerem Nachdenken finanziell nicht in der Lage, sie zu begleiten. Ebba selbst scheint sich darauf zu freuen, ein wenig hinauszukommen.

Hinauszukommen! Als ob man eine Reise nach England mit einem Ausflug in den Tiergarten vergleichen könnte. Andrea wird nicht schlau daraus, was passiert ist, und versteht die Eile nicht. Was würde es Ebba ausmachen, noch ein paar Wochen zu warten? Vielleicht wollen sie ihr die Scham ersparen, daß sie kein Abgangszeugnis bekommt, und schicken sie deswegen weg? Vielleicht wollen sie sie wegen Carls Verrat trösten? Vielleicht glauben sie, daß sie ihre Gedanken jetzt auf die Konfirmation konzentrieren kann? Aber darüber und über Pastor Å. herrscht Schweigen.

Statt dessen geben sich Mutter und Tochter in den feinsten Geschäften der Stadt wahren Einkaufsorgien hin, und davon, daß das Geld nicht reichen könnte, ist nicht die Rede. Und zu Hause sitzt das in aller Eile herbeigerufene *rasante Fräulein* im Saal und näht für Ebba, was das Zeug hält.

Es ist wie ein Karussell von weltlichen Nichtigkeiten, und das, obwohl es nur noch einen Monat bis zur Konfirmation ist und Ebbas kleiner, unglückseliger Seele Möglichkeiten zum Nachdenken geboten werden müßten. Doch all das scheint vergessen zu sein. Man hört nicht einmal das Echo eines noch so schwachen Gebetsseufzers in Annas Briefen.

Und es klingt auch nicht so, als ob Ebbas Herz gebrochen wäre. Immer noch kann sie *kolossal* nicht richtig schreiben.

Wir haben einen wahnsinnig süßen Parasol gesehen, den ich bekommen soll. In der Bibliotheksstraße haben wir einen entzückenden kreideweißen Matrosenhut gesehen, den wir sofort gekauft haben. Ich habe so kolosal viele Kleider bekommen, davon konnte ich nicht eimal träumen. Und stell Dir vor, ich bekomme sogar ein Leibchen aus Seide, ist das nicht wahnsinnig nett?

Da ist nur noch Eitelkeit, eine Art unerwarteter Überfluß, fast wie ein kleiner Rausch.

Andrea ist platt. Wieder mal stimmt nichts überein. Alle Frömmigkeit ist verschwunden, während Anna sich in den Geschäften tummelt. Jetzt hat sie nur Stoffe und Modelle im Kopf. Und ist ganz weltlich geworden. Sie haben einfach furchtbaren Spaß miteinander, Ebba und sie. Der kleine Skandal scheint vergessen zu sein.

Sie haben dasselbe brennende Interesse an Kleidern und Modellen. Stundenlang können sie über ein Kleid diskutieren, ohne das Thema satt zu kriegen. Sie haben auch denselben Blick für das, was sich gutmacht, dasselbe Gefühl für Material und Farben und denselben scharfen Blick für Details. Beiden ist eine unerwartete Keckheit, Neues auszuprobieren, gemeinsam.

Aber wie das mit Annas so häufig ausgesprochener Verachtung für Oberflächlichkeit und Eitelkeit zusammenpaßt, ist schwer zu verstehen.

Andrea, das Jeansmädchen, versteht es nicht. Wahrscheinlich hat Annas Gott eine besondere Schwäche für weibliche Schönheit. Vermutlich betrachtet er ein gut genähtes Seidenleibchen mit milden Augen und schätzt einen enggeschnürten Rock, und vielleicht ist er der erste, der die Augenbrauen runzelt, wenn er einen geschmacklosen Besatz oder schiefen Volant sieht.

Das ist alles sehr seltsam. Ebba wird ausgerüstet, als ob es mindestens auf die Hochzeitsreise ginge. Andrea sieht keinen Anlaß für diesen Überfluß. In der Schule hat Ebba total versagt. So was würde Andreas Mama rasend machen, aber Anna scheint sich nicht daran zu stören. Und Ebba hat gelogen und sich davongestohlen, um ihren Carl zu treffen, aber niemand macht ihr mehr Vorwürfe.

Statt dessen wird sie auf einen Schemel im Saal gestellt, und das *rasante Fräulein* nimmt Maß und steckt ab und probiert an.

Das Fräulein verschwindet mir ja unter den Händen, klagt sie.

Aber der Appetit kehrt sicher mit dem Luftwechsel und neuen Eindrücken zurück, schreibt Anna tröstlich. *Liebe Johanna, Du weißt, wie heikel Ebba beim Essen sein kann. Laß nicht zu, daß sie auch an der englischen Kost herummäkelt, sondern achte darauf, daß sie ißt. Ich verlasse mich ganz auf Deine Fähigkeit, sie zu lehren, wie ein wohlerzogener Gast aufzutreten.*

Überhaupt appelliert Anna plötzlich an Johanna, als ob sie sie endlich für erwachsen hielt. Sie möchte Ratschläge zu Ebbas Ausrüstung, damit sie sicher sein kann, daß alles richtig ist. Sie schickt sogar Stoffproben zur Inaugenscheinnahme nach England.

Ist das gut genug? fragt sie besorgt.

Andrea nimmt die kleinen Fetzen vorsichtig aus dem Kuvert, die dort vor Licht und Staub geschützt über neunzig Jahre gelegen haben. Sie sind noch genauso frisch wie an dem Tag, als sie zur Post gegeben wurden. Sahnefarben, taubenblau, nebelgrau, rosa, lindgrün, alles ist so hübsch und weiblich, daß es einem den Hals zuschnürt. Und Anna schreibt:

Zu der Kleidung gehört ein Mantel; dann hat sie ihr hellblaues Weihnachtskleid dabei, eine dünne Bluse, cremefarben, außerdem ein ganz weißes Kleid mit einem Mantel aus englischem Leinen; und einige Blusen und die marineblaue gehören auch zur Ausrüstung. Außerdem das rosa Sommerkleid. Das rasante Fräulein näht, als gelte es das Leben. Ich will sehen, ob das Geld für noch ein Seidenleibchen reicht. Sie bettelt so sehr darum. Das reicht doch? Antworte umgehend, ob Du alles für richtig hältst. Einen neuen Mantel möchte ich ihr nicht schenken, da sie ja Mäntel zu den Kleidern hat und außerdem ihre kleine, blaue Jacke. Glaubst Du, daß es nötig ist? Wird sie Anwendung haben für die ganze Pracht? Ich möchte die Ärmel an Deinem Hellen ändern lassen – das könnte sie doch an den Konfirmationstagen tragen? Du bist ja herausgewachsen.

Floh erscheint dieser Tage mit wunderlich gekräuselten Haaren, nachdem sie auf vielen harten Zöpfen geschlafen hat. Zur Schönheit trägt das nicht gerade bei. Dein lieber Bruder hat sich zum erstenmal rasiert. Da er sich ein wenig vor Papas scharfem Messer fürchtete, nahm er schließlich sein eigenes Taschenmesser! Auf der einen Wange hat er den Flaum wohl abgeschabt. Sie leuchtete den ganzen Nachmittag rot und machte ihm offenbar Beschwerden; er hatte sich gründlich eingeseift. Die Anstrengung erschien mir reichlich unangemessen.

Die Verlobung des Kadetten wurde jetzt bekanntgegeben. Ebba hat sich eingeschlossen und sich geweigert, zur Schule zu gehen. Das neue hellblaue Blüschen hat sie dennoch auf andere Gedanken gebracht. Sie ging mit hoch erhobenem Kopf. Aber es hat sie etwas gekostet. Kopfschmerzen und Magenschmerzen, Reizbarkeit und Weinerlichkeit.

27

Geliebte Johanna, ist der Onkel nicht der süßeste, liebste alte Mann, den es gibt? Ich habe gerade erfahren, daß er meine ganze Reise bezahlt, und er hat das hübscheste Gestell gekauft, das ich Mrs. Hewett übergeben soll. Als ich ihm danke, lacht er meine Worte weg und sagt, er habe an Deinen Briefen ein solches Vergnügen gehabt, daß er der Versuchung nicht widerstehen kann, sich ein doppeltes Vergnügen durch eine weitere Briefschreiberin zu sichern. Gibt es noch jemanden in unserem Land, der solche Artigkeiten so verschlungen ausdrücken kann, das frage ich Dich! Gibt es überhaupt solche alten Männer in England?

Andrea ist nicht genauso leicht in Enthusiasmus zu versetzen. Sie findet, das Ganze ist nur recht und billig. Wenn Onkelchen denn nun wirklich der Großvater ist. Es ist auch nicht besonders großzügig, wenn man all die Gläser Wein und Cognac berechnet, die er getrunken hat, und alle Mahlzeiten, an denen er im Lauf der Jahre teilgenommen hat. Und an denen er weitere fünfzehn Jahre teilnehmen wird. Aber das kann Ebba ja nicht wissen.

In jedem Brief hoffe ich, Du schreibst mir, daß Du froh bist über mein Kommen. Ich gebe Dir mein großes Ehrenwort, daß ich Dir nicht zur Last fallen und mich an Dich klammern werde, wie Du sagst, wenn Du böse auf mich bist. Ich finde sicher andere Lords, mit denen ich mich amüsieren kann, bilde Dir nur nichts ein!

Das war dumm von mir, aber ich habe einen so schrecklichen, unangenehmen Tag gehabt. Wir hatten Arztuntersuchungen, und es gab kein Entkommen. Mama hatte gedroht, mich zu begleiten, falls ich nicht freiwillig ginge. Du weißt, wie sehr ich mich vor Ärzten fürchte. Man kann ja nicht wissen, was ein alter, erfahrener Arzt alles sieht und entdeckt.

Die Mädchen sagen, die Augen offenbaren alles über eine Frau. Wie ich dieses Wort verabscheue! Es klingt so grob, als ob man im Lodenrock und mit nackten Füßen durch den Schmutz ginge. Es ist das schlimmste Wort, das ich kenne, und wenn Linkan uns in persönlicher Hygiene unterrichtet und uns „wir Frauen" nennt, dann dreht sich mir der Magen um. Bei ihr scheint das ähnlich zu sein, denn sie ist dann feuerrot vom Hals bis zur Stirn, auf der ihr der Schweiß steht. Sie könnte einem fast leid tun. Zuerst sprach sie über Hygiene, und dann saßen wir halbausgezogen im Turnsaal und warteten. Wir hatten nur unsere Turnhosen an und waren eingehüllt in diese geschmacklosen Flanelltücher, die so übel riechen. Sie sind bestimmt noch nie gewaschen worden, und man weiß doch, wie entsetzlich nervöse Mädchen transpirieren. Doch da war keine Rede mehr von Hygiene.

Der widerliche Arzt und Mobban warteten hinter einem Schirm mitten im Turnsaal, und wir wurden der Reihe nach aufgerufen. Am schwersten und erniedrigendsten ist für mich der Gehörtest, denn ich kann nie verstehen, was er in seinen vollen Bart murmelt.

Für mich klingt das wie eine summende Hummel.

Oh, Johanna, was meinst Du, ob mein schlechtes Gehör Carl abgestoßen hat? Wer will schon eine Frau haben, die nicht versteht, was man ihr ins Ohr flüstert. Ich möchte ja auch keinen Mann haben, der einen Makel hat, aber so schrecklich taub bin ich nun auch wieder nicht. Wenn ich will, kann ich sehr gut hören, und Carl war immer gut zu verstehen. Begreifst Du, daß Jane Eyre Mr. Rochester immer noch wunderbar fand, nachdem er blind und übel zugerichtet worden war? Danach können sie doch keinen Spaß mehr miteinander gehabt haben. Warum müssen Romanheldinnen nur immer so gut werden, daß es richtig langweilig wird am Ende der Bücher? Hast Du übrigens schon einmal von einer schwerhörigen Heldin gelesen?

Ebbas schwaches Gehör hat Andrea total vergessen. Das einzige, was bisher über ihre Ohren zu lesen war, galt Ohrenreißen und Schmerzen. Niemals etwas anderes. Jetzt geht ihr auf, daß es eine Last ist, die Ebba mit sich herumträgt und ignoriert. Aber vielleicht hörte sie doch nicht so schlecht, wenn es darauf ankam.

Doch zurück zu den Arztuntersuchungen.

Da saßen wir und warteten. Es war unbehaglich, fast, als ob wir Tiere wären und der schreckliche Alte das Recht hätte, uns mit seinen kalten Händen anzufassen und zu kneifen, wie es ihm gefiel. Ausnahmsweise waren wir froh, daß Mobban dabeisaß. Sie greift schnell zu, wenn die Flanelltücher ins Gleiten geraten.

Als ich an die Reihe kam, sagte der Arzt zu Mobban: „Sie hat abgenommen. Ich habe sie wie einen kleinen pummligen Cherub in Erinnerung." Seine Stimme klang unzufrieden, als ob Mobban daran schuld wäre, und sie hob das Kinn und blähte die Nasenflügel, wie sie das macht, wenn sie erregt ist.

„Ebba ist nicht kräftig", sagte sie. "Vor einiger Zeit ist sie in der Schule in Ohnmacht gefallen."

"Eine Lappalie!" sagte der Arzt. "Junge Mädchen hungern, damit sie schlank auf den Bällen aussehen. Aber das geht von allein vorbei."

Mobban sah mich bedauernd an. Sie weiß genausogut wie ich, daß ich nicht auf Bälle gehe, und der Alte legte sein großes, behaartes Ohr an meine Lungen, vorn und hinten, und klopfte so laut, daß ich fast "Herein!" gerufen hätte.

"Die Lungen sind in Ordnung", sagte er. "Hast du oft Kopfschmerzen?"

"Ja, besonders nach der Turnstunde", antwortete ich. Da ließ er Linkan rufen und sagte: "Sie lassen das Mädchen doch nicht bis zur Decke am Seil hinaufklettern? Ihm könnte schwindlig werden."

Linkan glotzte ihn an. "O nein", sagte sie, "bis dahin schafft sie es ohnehin nicht. Sie gehört nicht gerade zu den Gelenkigsten."

Da geschah etwas Merkwürdiges. Mobban schnaubte durch die geblähten Nasenflügel wie ein Pferd und sagte: "Besser Gedanken im Kopf als Muskeln in den Beinen!"

Mir blieb der Mund offenstehen. Als ob ich jemals auch nur einen Gedanken gehabt hätte, der Mobban gefallen hätte. Ich weiß nicht, was über sie gekommen ist. Vielleicht, weil ich jetzt im Unterricht immer so artig bin. Es spielt keine Rolle mehr, wie ich mich benehme, aber mir ist die Lust vergangen, Unsinn zu machen.

28

Wühlst du immer noch in deinen Wurzeln herum?"

Stina wirft dem Schreibtisch einen verächtlichen Blick zu, ehe sie sich auf Andreas Bett wirft. Sie ist wie eine Bombe kurz vor der Explosion. Andrea meint sie förmlich ticken zu hören.

„Was ist denn jetzt los?" fragte Andrea und legt hastig einen Umschlag beiseite. Sie hat wahrhaftig keinen Grund, sich zu schämen, und doch hat sie das Gefühl, bei einer schändlichen Tat auf frischer Tat ertappt worden zu sein.

Stina antwortet nicht. Statt dessen geht sie zum Angriff über.

„Du hockst da unten zwischen deinen Wurzeln und versteckst dich. Bald traust du dich nicht mal mehr, den Kopf zu recken und nachzusehen, wie es wirklich ist. Du wirst immer schlimmer. Mit dir ist wirklich nichts mehr los als Freundin. Du kümmerst dich ja überhaupt nicht mehr um uns Lebende."

„Aber was ist denn? Was hab' ich getan?"

„Nichts. Das ist es ja gerade. Aber was würdest du machen, wenn dir jemand nachschreit ‚Verdammte Asiatin, hau ab!'? Gibt's darauf eine Antwort in deinen blöden Briefen?"

„Wer hat das gesagt? Wer hat gewagt, das zu sagen?"

„Ein Mädchen in der U-Bahn. Ich hab' sie aus Versehen angestoßen. Sie hat mich einfach so angebrüllt. Das ist noch nie passiert. Nicht mal ‚Verdammter Schwarzkopf' hat jemand zu mir gesagt."

„Nein", sagt Andrea, „warum sollte das auch jemand sagen. Du bist so hübsch, daß man gar nicht darüber nachdenkt, welche Hautfarbe du hast. Die war eben neidisch."

„Hör doch auf! Das hat man mir eingetrichtert, seit ich Baby war. Damit ich Selbstvertrauen bekam, als ich merkte, daß ich anders aussah als die anderen. Man spürt die Verachtung. Solche wie ich werden nur hinter der Theke von China-Restaurants geduldet. Ich kann nicht nach Hause gehen, bevor ich mich nicht beruhigt habe. Sie sind so superempfindlich zu Hause. Aber du hältst alles aus, weil du dich nicht in andere hineindenken kannst."

Stina laufen die Tränen in Strömen über die Wangen. Sie sitzt mit gekreuzten Beinen auf dem Bett und heult, ohne auch nur zu versuchen, ihr Gesicht zu verstecken.

Das hat Andrea schon früher erlebt. Wenn Stina weint, ist es, als würde ihr das Herz brechen. Man wird selbst ganz verzweifelt.

„Bitte, hör auf", sagt sie. „Bitte, Stina, hör auf! Was dir weh tut, das tut mir auch weh. Das mußt du doch wissen."

Der Tränenstrom läßt etwas nach, und Stina putzt sich die Nase.

„Willst du damit sagen, daß dein großes, blasses schwedisches Herz weh tut?" fragt sie kleinmütig.

Andrea nickt.

„Es tut mir weh in meinem großen, blassen schwedischen Herz", wiederholt sie feierlich. „Aber natürlich nicht genauso weh wie dir dein kleines, gelbes Herz weh tut. Das ist ja viel empfindsamer."

Eine Weile ist es still. Dann steht Stina auf und geht zum Schreibtisch. Sie beugt sich darüber und beginnt, in den Briefen herumzuwühlen. Das ist ihre Art zu zeigen, daß sie Andrea verziehen hat, daß ihr ein fremdes Mädchen „verdammte Asiatin" nachgerufen hat.

„Was essen sie denn heute zu Mittag?" fragt sie.

„Keine Ahnung. Jetzt ist es Frühling, und da ist die Rede nicht vom Essen, da geht's nur um Kleider. Ebba soll auch nach England fahren. Möchtest du Stoffproben von ihren neuen Kleidern sehen? Dagegen können sich Barbie und Cindy und die ganze Meute aufhängen."

Stina mustert die kleinen Stofflappen und hält sie vor

die Schreibtischlampe. Sie legt sie gegen ihre Wange und streicht mit ihrem dünnen Zeigefinger darüber.

„Was für schöne Kleider das gewesen sein müssen", sagt sie. „Und wie hübsch sie darin ausgesehen haben muß."

„Besonders seit sie abgenommen hat. Sie hat eine heimliche Liebesaffäre gehabt. Zuerst war sie so glücklich, daß sie nicht essen konnte, dann wurde sie verlassen und konnte deswegen nicht essen. Ich glaub', sie fand es interessant, daß sie so dahinschwand. Das zeigte, wie tief ihre Gefühle waren. Und hübscher wurde sie ja auch. Das war wichtig, weil sie sich geschworen hatte zu heiraten, bevor sie zwanzig wurde."

„Findest du es nicht ein bißchen peinlich, solche beknackten Wurzeln zu haben? Ist es die Mühe wert, solchen Quatsch wieder auszubuddeln?"

Damit hat Stina Ebba und ihre ganze Familie abgesägt und kann plötzlich über das lachen, was eben noch eine Katastrophe war.

„Glaubst du, die hätten mich reingelassen, wenn ich an ihrer Tür geklingelt hätte? Ich meine, deine Wurzeln."

Andrea denkt nach. Es gibt nichts, was darauf hindeutet, daß die Großmutter ihrer Großmutter jemals Leute mit einer anderen Hautfarbe gesehen hat. Und wenn sie welche gesehen hätte, hätte sie sie vermutlich nicht eingeladen.

„In England war meine Urgroßmutter nicht gut genug", sagt sie. „Sie war in einen Engländer verliebt und er in sie. Aber seine Familie hat dem Ganzen ein Ende gemacht. Und sie war entsetzlich weiß. Weißer als ich."

Diese Geschichte heitert Stina sichtlich auf.

„Kommst du Samstag mit Jenny und mir mit? Wir wollen Schlittschuh laufen und die kleinen Brüder mitnehmen. Die Jungs natürlich auch. Proviant und alles. Das Eis ist so dick, die sind schon mit dem Traktor drübergefahren. Das wollte ich dich eigentlich fragen, deswegen bin ich raufgekommen."

„Sehr gern", sagt Andrea und meint das auch so.

Im Flur bleibt Stina wie immer stehen und schnüffelt in der Luft, als ob sie einen schwachen Duft röche.

„Ich vermisse deine Mama wirklich jedesmal, wenn ich hier bin. An ihrem Geruch war was Besonderes. Und sie war immer so witzig. Geht es ihr jetzt gut? Ist sie glücklich?"

„Wie soll ich das wissen", sagt Andrea und öffnet die Wohnungstür.

Das geht Stina wieder hoch.

„Dann versuch's rauszukriegen! Oder traust du dich nicht? Weißt du überhaupt, daß dein Papa eine Neue hat? Adam und ich haben sie vorgestern aus dem *Blauen Vogel* kommen sehen. Sie sahen wahnsinnig verliebt aus. Sie ist hübsch. Groß, dunkel, mit weitem, schwingendem Mantel und Hut. Wußtest du das?"

„Natürlich", sagt Andrea und zwingt sich, ihre Stimme normal klingen zu lassen.

„Prima, dann macht es ja nichts, daß ich es gesagt habe. Ich fand, du müßtest es wissen. Du darfst nicht mit Scheuklappen vor den Augen und über den Ohren durch die Gegend rennen wie ein verrückter Galopp-Hengst. Es ist gefährlich, der Wahrheit nicht ins Auge zu sehen. Aber dann ist ja alles gut", schließt Stina ein bißchen unsicher.

„Klar. Sie heißt Lena und ist Rechtsanwältin. Das war absolut keine Neuigkeit. Nun reg dich mal wieder ab! Sie gehen manchmal zusammen ins Theater."

„Das ist ja gut", sagt Stina und läuft schnell die Treppe hinunter. „Dann kommst du also mit am Samstag?"

Andrea bleibt stehen, den Türgriff in der Hand. Noch

ist Stinas Enthüllung in ihrer ganzen Tragweite nicht gesackt. Andrea denkt vielmehr darüber nach, ob Stina es aus reiner Boshaftigkeit ausgeplaudert hat oder ob es eine Art Rache für die Beschimpfung in der U-Bahn war. Oder vielleicht auch Neid auf Andreas sogenannte Wurzeln. Wenn Stina verletzt ist, schlägt sie um sich, ohne daran zu denken, wen sie trifft.

Andrea wird nie ganz schlau aus Stina, obwohl sie einander schon so lange kennen. Man bildet sich ein, man wisse, was sie weiß und warum sie sich verhält, wie sie es tut. Aber dann kommt heraus, daß sie ganz andere, fremde Gedanken denkt.

Andrea setzt sich wieder an den Schreibtisch und klopft sich leise mit dem Zeigefingernagel gegen einen Vorderzahn. Das ist eine Angewohnheit von ihr, wenn sie nachdenklich ist.

Sie denkt nicht an Papa, während sie auf die Briefe starrt. Sie denkt an Ebba und fragt sich, ob es mit ihr ist wie mit Stina. Daß man sich einbildet, man hat sie erkannt, und daß man weiß, wie sie ist. Und dann tut sie etwas, das man überhaupt nicht versteht.

Als Andrea soweit gekommen ist in ihren Gedanken, klingelt es an der Tür. Es ist wieder Stina. Ihre Augen sind noch schwärzer und blanker als sonst. Sie packt Andrea mit beiden Händen an den Schultern und starrt sie an.

„Ich muß bescheuert sein! Was ich da rede! Mich gehen dein Papa und seine Damen doch gar nichts an. Nicht das geringste. Er muß dir von ihnen erzählen, nicht ich. Es war dir von weitem anzusehen, daß du nichts wußtest. Du kannst einfach nicht lügen, dann wird dein Gesicht ganz starr und komisch. Warum bin ich bloß so? Warum bin ich so gemein zu dir? Du bist doch die einzige, mit der ich reden kann. Was meinst du, bin ich dabei, verrückt zu werden? Massenhaft importierter Kinder werden das. Die Psychiatrie ist gerappelt voll davon. Identitätskrisen, verstehst du."

Und dann ist sie wieder mitten in der Wohnung. Sie redet, und sie ringt ihre Hände. Sie ringt ihre Hände förmlich vor Erregung. Aber sie spielt kein Theater. Sie ist, wie sie ist. Stina. Stets mit sich selbst beschäftigt, selbst wenn sie etwas wiedergutmachen will.

„Aber es war wirklich nichts Neues für mich, das mit Lena", sagt Andrea nur. „Sie treffen sich manchmal."

Dann ist sie plötzlich ganz furchtbar müde und möchte nichts anderes, als allein sein.

29

Am nächsten Sonntag geht Ebba zum Abendmahl, schreibt Anna. *Es wäre gut zu wissen, daß unser großes Mädchen dann bei uns ist im Gebet. Wir, Papa und ich, hoffen, daß ihr diese Zeit, trotz allem, von Nutzen gewesen ist; daß sie gelernt hat, sich zu besinnen, und ihr Sinn sich aller Oberflächlichkeit und Eitelkeit der Welt abgewandt hat.*

Andrea kann sich nur schwer vorstellen, daß die fröhliche Johanna der verirrten Seele ihrer Schwester auch nur einen Gedanken widmet. Sie hat stark das Gefühl, Johanna hat all das Getue um Ebba satt.

Heute in vierzehn Tagen ist Ebba bei Dir. Gib um alles in der Welt acht darauf, daß sie ein wenig Englisch lernt. Erleichtere es ihr nicht, indem Du für sie dolmetschst. Ohne eigene Anstrengung lernt sie gar nichts. Wenn Mr. und Mrs. Hewett sie nur mögen!

Wir haben sie nun nur noch wenige Tage bei uns, und wir machen uns Sorgen. In den letzten Tagen wurde sie hin und her gerissen zwischen der Reiselust und der Angst, alles hier zu Hause hinter sich zu lassen. Sie hat nicht Deine Abenteuerlust und Sehnsucht nach neuen Horizonten; diese Sehnsucht, die ich trotz allem so gut verstehen kann. Im Gegenteil, Ebba gehört zu den Bodenständigen. Denk daran, daß sie niemals eine einzige Nacht woanders übernachtet hat. Immer hat sie es sich anders überlegt, ehe die Reisetasche fertig gepackt war. Bedenke immer, daß alles, was Dir wie eine Lappalie erscheinen mag, für sie unüberwindlich scheint. In anderen Momenten ist sie jedoch geradezu tollkühn und verwegen. Dem Reiz der Geschwindigkeit kann sie nicht widerstehen, gleich, ob sie in einem Wagen fährt oder in die Pedale eines Velozipeds tritt. Je schneller es geht, um so aufgedrehter ist sie hinterher, als ob die Nähe von Gefahr sie belebte.

Meinst Du, ich kann sie in ihrem alten, blauen Kleid und der kleinen, blauen Jacke reisen lassen, oder ist sie dann nicht hübsch genug? Ich befürchte, sie könnte das neue auf der Reise verderben. Sie ängstigt sich so sehr vor dem Seegang. Laß sie sich nicht überanstrengen; sie hat nicht so viel Kräfte wie Du.

Mein geliebtes Mädchen, gibt acht auf Deine kleine Schwester, Du weißt, sie ist wie Wachs, der sich leicht eindrücken läßt; sie geht direkt vom Abendmahltisch hinaus in die Welt. Mein geliebtes Mädchen, sei Mutter für sie, hilf ihr, so gut Du kannst, die Menschen und ihre Handlungsweise mit gesunden Augen zu betrachten. Sie hat eine schwere Enttäuschung erlebt; wir können nur hoffen, daß sie eine Lehre daraus gezogen hat; aber wir wissen ja von früher, wie leicht sie erneut entflammt und meint, für einen Neuen zu schwärmen. Ermuntere sie nicht darin!

Nun will ich einige Apfelsinen für Onkelchen bereitlegen, der gleich hier sein wird.

Andrea kann nicht anders, sie muß den Mund verziehen. Das ist wirklich eine Ururgroßmutter, wie sie im Buch steht. Abwechselnd laut und leise. Gott und das alte, blaue Kleid und Onkelchen – kein Brief ohne eine Zeile über ihn.

Aber Eltern können dumm und herzlos sein, ohne daß sie es überhaupt zu ahnen scheinen. Wie können sie erwarten, daß Johanna die Mutterstelle für Ebba übernimmt? Sie hat doch ihr eigenes Leben mit eigenen Freunden, die will sie doch nicht mit Ebba teilen. Es ist deutlich zu spüren, daß sie nicht den geringsten Enthusiasmus darüber gezeigt hat, Ebba aufgehalst zu bekommen. Das ist doch das Ende ihrer Freiheit. Jetzt muß sie ihre Schwester mitschleppen, ob sie das nun will oder nicht.

Es wäre bestimmt klüger gewesen, eine andere Familie für Ebba zu suchen, findet Andrea. Damit sie lernt, auf eigenen Beinen zu stehen. Außerdem würde sie auf die Weise doppelt so schnell Englisch lernen.

Eltern können so beschränkt sein. Sie sehen nur Ebba und vergessen, daß Johanna auch ein Recht auf eigenes Leben hat.

Eltern können auch ziemlich egoistisch sein. Jetzt schicken sie Ebba weg und müssen sie nicht mehr sehen, während sie Johanna gleichzeitig die Verantwortung aufladen.

Andrea geht zu Papa ins Wohnzimmer. Er hat es sich auf dem Sofa bequem gemacht. Die Füße gekreuzt auf einem Kissen, einen Apfel in der einen Hand und ein Buch in der anderen. Er sieht zufrieden aus im gemütlichen Licht von der Stehlampe.

Andrea setzt sich auf ihren Stuhl, und Papa wirft ihr

über die Lesebrille einen freundlichen Blick zu. „Ist Stina weg?" fragt er, obwohl er gehört haben muß, daß sie vor mehr als einer Stunde gegangen ist.

Aber er stellt manchmal so blöde Fragen. Das ist seine Art, miteinander zu reden, wenn man sich sonst nicht so furchtbar viel zu sagen hat. Eine Art zu zeigen, daß man interessiert und wohlwollend ist.

Andrea betrachtet ihn von ihrem Stuhl aus, während er weiter liest. Er sieht nett aus, ihr Papa. Prächtig und verläßlich, aber kaum noch bezaubernd. Jedenfalls nicht in ihren Augen. Aber vielleicht in den Augen von anderen.

„Gehst du neuerdings mit Lena ins Kino?" fragt sie ruhig.

Sofort legt er sich das Buch auf den Bauch. Sein Blick ist wachsam. Aber er hat noch den Zeigefinger als Lesezeichen im Buch.

„Wieso glaubst du das?"

„Jemand hat euch im *Blauen Vogel* gesehen. Nach der Beschreibung klang das so, als ob es Lena war. Groß, dunkel und mit Hut. Ich kenne niemanden außer ihr, der einen Hut trägt."

„Wir gehen manchmal zusammen aus, was essen, uns was angucken. Manchmal brauch ich auch gleichaltrige Gesellschaft. Hast du was dagegen?"

Andrea denkt nach. Lange. Obwohl sie schon eine ganze Menge nachgedacht hat, seit Stina gegangen ist. Sie will nicht so werden wie die Menschen aus dem letzten Jahrhundert und über andere bestimmen. Sie will auch nicht, daß Papa sie durch dick und dünn mitschleppen muß wie die arme Johanna Ebba. Aber im tiefsten Innern ist sie der Ansicht, daß er ruhig noch eine Weile von den Erinnerungen an Mama leben sollte.

Doch sie kennt Lena. Sie hat zu Mamas und Papas

Freundeskreis gehört. Als Lena und Gunnar sich scheiden ließen, ist Lena übriggeblieben – Gunnar ist verschwunden und hat wieder geheiratet. Lena ist ganz in Ordnung. Andrea mag sie. Sie kann ja jetzt nicht anfangen, sie nicht zu mögen, nur weil Papa sich mit ihr trifft.

Lena. Sie ist wahnsinnig hübsch, von oben bis ungefähr zu den Knien. Aber dann!

„Hast du schon mal drauf geachtet, was für furchtbar dicke Waden sie hat?" fragt Andrea.

„Sie sind lieb und rund", sagt Papa. „Vielleicht ein bißchen zu rund, aber man sucht sich seine Freunde nicht nach den Waden aus. Ich mag Lena. Wir sind gern zusammen. Aber deine Mutter ist nicht ersetzbar. Nicht einfach so. Das glaub bloß nicht."

Andrea zuckt mit den Schultern. „Hauptsache, dir geht es gut", sagt sie. „Und daß du aufgehört hast, heimlich hier und da einen Schluck zu nehmen."

Sie findet zwar, daß sie sich klug und reif verhalten hat, als sie Papa sozusagen die Erlaubnis gibt, sich mit Lena zu treffen. Aber so gut, daß ihr schon Engelsflügel wachsen, ist sie dann doch nicht. Er soll ruhig an seine Schwächen erinnert werden.

„Taktgefühl ist kaum eine deiner hervorstechenden Eigenschaften", sagt Papa ruhig. „Aber das lernst du auch noch mit der Zeit."

Dann schlägt er das Buch wieder auf und zieht den Zeigefinger heraus. Das Gespräch ist beendet.

Erst viel später, kurz vorm Einschlafen, fällt Andrea etwas ein. Den ganzen Abend hat sie eine Art Freiheitsgefühl gehabt, das sie nicht erklären konnte. Jetzt sieht sie plötzlich klar vor sich, was es ist. Sie braucht Papa nicht mehr zu überwachen.

Er ist nicht mehr in der Gefahrenzone. Er hat einen neuen Haken gefunden, an den er sein Leben hängen kann. Es ist nicht sicher, daß es Lena wird. Es kann auch jemand anders sein. Aber er wird zurechtkommen.

30

Schließlich ist der Abreisetag gekommen.

Es ist der 18. Mai 1899, und Ebba ist nach einer unruhigen Nacht voller Tränen und *starker Angst* weiß wie ein Laken. Was das nur heißen mag. Sie will absolut nicht fahren, läßt sich schließlich aber doch überreden, sich anzuziehen. Sie ißt nichts zum Frühstück.

Der Abschied von den Hausmädchen, besonders von Hanna, wird tränenreich. Weder Floh noch Björn haben die geringsten Anlagen zur Sentimentalität.

Sieh zu, daß du mit einem reichen Mann nach Hause kommst, sagt Björn. *Damit Onkelchen nicht mehr Geld für dich umsonst rauswerfen muß.*

Als sie am Hauptbahnhof ankommen und Ebba mit ihrem Gepäck, den Hutschachteln und Onkelchens elegantem Bord, das zu zerbrechlich ist, um als Fracht aufgegeben zu werden, aus der Droschke geholfen wird, da gleicht sie am ehesten einem elendigen Opferlamm.

Ich bete zu Gott, daß all dies geschehen muß zu unser aller Besten, schreibt Fredrik. Aber ausnahmsweise klingt das so, als ob er daran zweifelte, erhört zu werden.

Auf dem Bahnhof wartet eine fröhliche Überraschung. Der Direktor hat Ebbas ganze Klasse vom Schwedisch- und vom Englischunterricht befreit, damit sie es zum Bahnhof schaffen und Ebba zum Abschied winken konnten. Da stehen nun die Klassenkameradinnen mit kleinen Blumensträußen und Abschiedsgeschenken für Ebba. Leicht gerührt wie immer, bricht der ehemalige Tunichtgut der Klasse in neue Tränen aus.

Wie Du Dir vorstellen kannst, spielten sich rührende Szenen ab. Ebba lachte und weinte gleichzeitig. Sie schien es nicht fassen zu können, daß sie trotz ihres Versagens so gefeiert wurde. Mein altes Vaterherz freute sich auch darüber, wie viele Freundinnen sie trotz allem hat, schreibt Fredrik. *Was mich am allermeisten erstaunte, war die Begegnung mit der entsetzlichen Mobban. Nach allem, was Ebba über diese streitsüchtige „alte Jungfer" erzählt hatte, um ihre eigenen Worte zu benutzen, hatte ich zuallerletzt eine hochgewachsene Dame mit vorteilhaftem Aussehen erwartet, noch verhältnismäßig jung und smart – wenngleich nicht in Ebbas Augen. Fräulein Mobelius muß natürlich als äußerst energisch beschrieben werden, aber ihre funkelnden Augen verrieten auch einen ausgeprägten Sinn für Humor. Wer hätte das ahnen können!*

Zurück zum Bahnhof. Die Cousinen und Cousins kamen auch: Hugo, Kisse und der kleine Johnny, wie immer bleich wie ein Kartoffelkeim. Einige Gymnasiasten fanden sich auch ein, zögernd im Hintergrund und offenbar voller Hoffnung, von der Primadonna des Tages bemerkt zu werden. Als das endlich geschah, überreichten sie hastig Konfektschachteln, verbeugten sich und verschwanden eilig.
Ebba schien alle Qualen der Nacht vergessen zu haben.

Sie ist zwar so mager und blaß geworden, daß es Dich sicher überraschen wird, aber als sie dort auf dem zugigen Perron stand, glüh-

ten ihre Wangen in dem schneidenden Wind, und ihre Augen leuchteten. Sie stand so strahlend und fröhlich da in ihrem, wie Mama es bekümmert nennt, „alten, blauen" und der kleinen, blauen Jacke dazu, die ich immer so gern mochte. Die Haare hatte sie sich am Morgen auf kunstvolle Art hochgesteckt, aber über den Ohren und im Nacken hatten sich Locken gelöst. Du mußt sie lehren, wie man die Haarnadeln feststeckt.

Ich muß gestehen, ich war stolz auf meine einnehmende Tochter, in diesem Augenblick war sie sehr anmutig und selbstvergessen. So schwebt sie mir auch jetzt vor Augen, während ich an Deinem Schreibtisch sitze und diese Zeilen schreibe. Gib gut acht auf Deine kleine Schwester, das bitte ich Dich. An Ebba ist etwas Kindliches und Unverdorbenes trotz all ihrer Einfälle und Manieren. Freigiebig verschenkt sie aus ihrem warmen Herzen an alle, die sie mag; aber noch sieht sie die Welt schwarzweiß; die Menschen sind entweder gut oder schlecht, genau wie in den billigen, einfachen Romanen, in die sie sich so gern vertieft hat, anstatt sich ihren Studien zu widmen oder Mama im Haushalt zu helfen.

Genug davon; jetzt sitzen sie im Zug, sie und Mama, und ich hoffe, sie haben eine angenehme Reise. An Konfekt und Lektüre mangelt es ihnen nicht, und das ganze Coupé duftet wahrscheinlich wie ein Blumenladen. In Hallsberg wird sich ihnen Fräulein Schullström anschließen und dann die Verantwortung für Ebba während der Seereise übernehmen. Mama verbringt die Nacht bei Lisen und Jacob in Göteborg, wie Du wahrscheinlich schon weißt.

Björn und Floh zanken sich sehr laut wegen irgend etwas, und jetzt kommt Björn ins Zimmer, Floh hinter sich herschleifend. Es sah aus, als ob sie sich in seinem Schienbein festgebissen hätte! „Warum habt ihr sie nicht auch mit verschifft. Dann wäre wir alles los gewesen, was Mädchen heißt!" schrie er. Aber ich bin froh, daß ich meinen Floh behalten kann, jetzt, da meine großen Mädchen ausgeflogen sind.

Ja, möge nun diese Reise zu aller unser Segen sein. Liebe kleine, kluge Johanna, wir überlassen Ebba jetzt zuerst Gottes Fürsorge und dann Deiner. Ich sehne mich so sehr danach, Euch beide wieder in meine Arme schließen zu dürfen; ein paar Monate vergehen ja ziemlich schnell, und dann werden wir Euch wiederhaben mit Gottes Hilfe, meine Liebe.

An der Stelle legt Fredrik den Brief beiseite, denn jetzt kommt Onkelchen. An dem Abend wird nicht mehr geschrieben.

Andrea hofft, daß die beiden Herren sich ein Extraglas Punsch gönnen, um sich in ihrer Einsamkeit aufzumuntern. Fredriks Brief klingt so verlassen.

Am nächsten Tag fährt er dann mit Schreiben fort, sobald er von der Arbeit nach Hause kommt. Die ganze Zeit wartet er besorgt auf Annas Anruf aus Göteborg, den sie ihm versprochen hat.

Meine Gedanken waren heute ununterbrochen bei Ebba. Ich denke, ihr ging es nicht besonders gut, als sie sich von Mama trennte. Hoffentlich hinderte Fräulein Schullströms Anwesenheit sie daran, in Tränenfluten auszubrechen. Ich sitze jetzt hier und warte darauf, daß Mama telefoniert. Zweimal hat es schon geklingelt, aber jedesmal ist es falscher Alarm gewesen.

Hugo hat „cum laude" im Abitur bekommen. Bist Du nicht stolz auf Deinen Cousin? Björn hat heute mit seinen Tieren in Gläsern und Eimern begonnen, was für ein Glück, daß Mama in Göteborg ist und sein Zimmer nicht sieht. Ich möchte wissen, was für ein Wetter Ebba hat und ob sie sich tapfer hält, die arme Kleine.

Planlos plaudert er weiter drauflos, und Andrea meint, ihren Ururgroßvater auf diesen wenigen Seiten besser kennenzulernen als in allen anderen Briefen zusammen. Sie mag diesen bekümmerten Papa, der sich so offen sorgt.

Er schreibt weiter über dies und das, und dann heißt es plötzlich triumphierend:

Eben kam ein Telegramm an, das folgendermaßen lautete: Telefon unmöglich, Ebba ruhig, alles wohl. Gott sei Dank. Mein liebes Kind, unsere Gebete gehen zum lieben Jesus, vertrau' Dich in allem Ihm an und bleib' Ihm treu, und Du darfst Dich geborgen fühlen, möge es auch noch so sehr um Dich herum tosen.

Andrea wundert sich wieder einmal, wie natürlich Fredrik mit Jesus verkehrt. Es ist, als ob er eben mal in der Wohnung in der Östermalmstraße vorbeischaute und ein wenig über die Eimer mit den Kaulquappen in Björns Zimmer lächelte.

Er hielt seine Hand auch über das Schiff der Handelsmarine auf dem Weg nach England. Es gerät nicht in Seenot. Aber in einen heftigen Frühlingssturm, und Ebba ist schon krank, ehe man die schwedischen Hoheitsgewässer verlassen hat. Und sie ist krank, bis man die Themsemündung erreicht. Das war keine vergnügliche Überfahrt auf einem ruhig rollenden Meer mit Scharen von jungen Männern, soweit das Auge reicht, die ihr den Hof machen. Im Gegenteil, es wird eine Alptraumreise für Ebba. Aber Fräulein Schullström bleibt aufrecht und ist die einzige Passagierin, die keine einzige Mahlzeit im Eßsaal versäumt.

Die seekranke Ebba wird ganz und gar ihrem Schicksal überlassen, überzeugt davon, daß sie zum Sterben verurteilt ist. Doch mit zwölf Stunden Verspätung macht das Schiff endlich im Hafen fest, und das Telegramm mit der Nachricht *Ebba safely arrived* kann an die Eltern abgesandt werden.

31

Dann ist der Schwung raus aus den Briefen. Vielleicht, weil Anna nicht mehr an eine, sondern an zwei schreibt. Es kommt zu keinen Vertraulichkeiten. Nur Tatsachen darüber, was geschieht. Und das ist nicht viel. Nachdem Andrea zu ihrer Freude erfahren hat, daß Björn tatsächlich in die nächste Klasse versetzt wurde (zwar mit schlechten Zensuren in der Muttersprache und in Deutsch, aber immerhin), überfliegt sie die Briefe nur nachlässig. Trotzdem nimmt sie zur Kenntnis, daß die Familie Pfingsten bei strömendem Regen und Sturm in die Sommerfrische aufgebrochen ist.

Den Kommentaren nach zu urteilen, müssen die Berichte aus England genauso nichtssagend gewesen sein. Die Mädchen haben natürlich *himmlischen Spaß,* und alle sind *furchtbar reizend,* und London ist eine *wunderbare Stadt.*

Andrea kann sich sehr gut vorstellen, wie Ebba und Johanna gemeinsam entscheiden, was sie selbst für erzählenswert halten und wovon sie meinen, daß es die Eltern hören wollen. Natürlich versichert Ebba, daß Johanna *liebevoll, gut und klug* ist.

Ebba ist guter Dinge und lernt fleißig Englisch. Sie spricht schon richtig gut, stimmt Johanna ein.

An ihrem Himmel gibt es keine Wolken. Alles scheint so gut zu sein, daß es ganz uninteressant ist.

Aus der schwedischen Sommerfrische kommen auch keine Sensationen. Das Aufregendste ist, daß Fredrik nicht der Verlockung widerstehen konnte, einen hübschen Hahn auf dem Markt zu kaufen, als sie auf dem Weg zum Schärendampfer waren. *Um Mamas sechs Hühner zu beglücken,* erklärt er zufrieden.

Andrea kann ihn sich nur schwerlich mit Zylinder, grauen Beinkleidern, gelben Handschuhen und mit einem Hahn unterm Arm vorstellen. Noch überraschender tritt er in einem von Annas Briefen auf.

Papa und Guy treiben Sport, indem sie Kühe jagen. Die Kühe des Pächters brechen dauernd in unser Himbeerbeet ein. Papa jagt sie mit dem Revolver in der Hand; neulich hat er einen Schuß abgegeben, aber ich glaube nicht, daß es den Kühen etwas anhaben konnte. Doch der arme Guy ist mit dem Schwanz zwischen den Beinen unters Sofa gekrochen.

Andrea stellt zufrieden fest, daß Großmutters Großvater immer noch verspielt ist. In dem frommen Mann ist mehr Leben, als sie geahnt hat.

Noch ein paar fürsorgliche, aber recht gleichgültige Briefe, dann ist sie endlich beim letzten angekommen. Das ist ein schönes Gefühl. Trotz allem ist es ziemlich mühselig gewesen mit diesen Briefen, die gelesen werden wollten. Jetzt im Endspurt hat sie sie nur noch aus reiner Höflichkeit gegenüber den Toten durchgeblättert.

Kaum hat sie das Blatt vor sich ausgebreitet, da sieht sie, daß etwas passiert ist. Annas Schrift ist flüchtig. Semikolon und Gedankenstriche bedecken die Seite, dazu Unterstreichungen. Es gibt sogar einige kleine Tintenspritzer.

Liebe Johanna, nachdem wir Mrs. Hewetts Brief gelesen haben, faßten Papa und ich folgenden Entschluß: Ihr müßt <u>unverzüglich</u> und so schnell wie möglich die Heimreise antreten. Papa ist schon *in die Stadt gefahren, um Geld und Fahrkarten zu besorgen. Ich bin so erschüttert und verwirrt, daß die Feder in meiner Hand zittert; ich kann mich kaum klar ausdrücken; auf tausend Fragen möchte ich Antwort haben. Zu allererst – wie konntest Du es <u>unterlassen</u>, uns von Ebbas Zustand in Kenntnis zu setzen – wie konntest Du es <u>wagen</u>, uns das zu verschweigen? Hast Du aus <u>Selbstsucht</u> geschwiegen – unwillig, das Land zu verlassen, in dem es Dir so wunderbar geht –, oder kannst Du so wenig beobachten, daß Du es nicht erkannt hast?*

Sollte es der Fall sein, daß Du Dein Herz an jemanden dort verloren hast, so bleibt Dir doch nichts anderes übrig, als es zurückzulassen. Sollte es diesmal ernst sein mit Deinen Gefühlen, dann wird sich zeigen, ob sie eine Trennung ertragen, ohne abzukühlen. Diesmal habe ich keine Sympathie für Deine kleinen Neigungen – mit <u>Sorge und Angst</u> denke ich an Ebba. Sie darf <u>unter keinen Umständen</u> allein reisen, schon wegen der schrecklichen Erlebnisse auf der Reise dorthin nicht.

Ich weiß, daß sie sich vorm Meer fürchtet; daß sie hofft, Papa könnte Euch abholen, und daß Ihr auf dem Landweg über Paris reist. Dazu fehlt es wie gewöhnlich an Geld; wenn ich Mrs. Hewetts liebenswürdigen und taktvollen Brief richtig verstanden habe, hat Ebba auch gar keine Kraft für eine derartige Reise. Ich kann nicht sagen, wie dankbar ich bin, daß sie mich über den wirklichen Zustand unterrichtet hat.

Wie konntest Du uns die Wahrheit vorenthalten – ich hoffe nur, daß dahinter die Absicht steckt, uns so lange wie möglich zu schonen – begreifst Du denn nicht, wie ernst es ist? Ebba muß <u>unverzüglich</u> von einem Arzt behandelt werden; wir haben kein Vertrauen zu dem englischen Arzt; was weiß er von Ebba und ihren langen Krankheitsgeschichten? Dennoch sind wir dankbar für seine Nachricht, daß ihre Lungen nicht angegriffen sind.

Mrs. Hewett drückt ihren großen Kummer darüber aus, daß

Ebba die englische Kost nicht zusagt; sie schreibt auch, daß sie auf alle mögliche Weise versucht hat, Ebbas Appetit zu wecken, es ihr aber nicht gelungen ist.

Mir ist vollkommen klar geworden, daß wir Dir eine zu große Verantwortung aufgebürdet haben, als wir Ebba Deiner Obhut überließen. Wir setzten zuviel Hoffnung in Dein Mitgefühl und Deine Liebe – wir glaubten, in der Zwischenzeit seist Du innerlich gereift. Die Schuld liegt bei uns, und Ebba mußte deshalb leiden. Wir haben auch zuviel Hoffnung auf die heilende Wirkung eines Umgebungswechsels gesetzt. Aber wir erfuhren nicht, daß sie weiterhin von Kopfschmerzen geplagt war und unter Schwindel infolge von Blutmangel und Mattigkeit litt.

Warum hast Du uns all das vorenthalten? Diese unglückselige Episode mit dem Kadetten vom letzten Winter kann doch wohl nichts mit Ebbas Krankheit zu tun haben? Es ist doch nicht mehr als eine Schwärmerei gewesen. Ich komme nicht los von dem Verdacht, daß Signe Sandgren sie in dieser Sache ermuntert hat und deswegen große Schuld an dieser schlimmen Geschichte trägt.

Möge Gott Euch auf Eurer Reise beschützen. Unser großes Mädchen erträgt hoffentlich die Nordsee, auch wenn sie sich böse aufführt, aber die arme, kleine Ebba hat dem keine Kräfte entgegenzusetzen. Jetzt will ich Onkelchen einen Teller Himbeeren mit Schlagsahne bereiten. Und ich weiß wahrhaftig nicht, wie ich ihm all das berichten soll – ist es doch seiner Großzügigkeit zu verdanken, die Ebba diesen Aufenthalt ermöglichte. Sein Verdienst wurde ihm wirklich nicht gelohnt.

Andrea ist die Erklärung sonnenklar. Magersucht, was denn sonst? hat Anna das nicht begriffen? Wußten sie denn gar nichts zu dieser Zeit? Ließen die jungen Mädchen dahinschmelzen, ohne der Ursache auf den Grund zu gehen?

Schoben sie alles auf Blutmangel und unbestimmte Schwindsucht?

Es ist wirklich sonnenklar, daß es sich um Anorexia handelt. Alle Anzeichen stimmen dafür. Glückliche Mädchen hungern nicht. Das tun die anderen. Die, die Aufmerksamkeit auf sich ziehen wollen, die hübsch werden wollen, die, die sich einbilden, sie werden nur hübscher mit ein paar weniger Kilo auf den Knochen. Das ist eine Art, sich Macht und Kontrolle über sich selbst und andere zu verschaffen. Aber es gehören noch mehr Faktoren dazu. Andrea hat wahrscheinlich die Hälfte übersehen. Aber eins weiß sie. Es braucht einen starken Willen, um das Hungern durchzustehen.

Ebba war eigensinnig wie keine andere, und sie hörte auf keine Warnungen. Weder auf Kopfschmerzen noch Magenleiden, Schwindel oder Übelkeit. Offenbar hatte sie keine Ahnung, daß sie sich auf etwas Lebensgefährliches eingelassen hatte, bis Mrs. Hewett eingriff.

Die Reise nach England hat die Krankheit sicher beschleunigt, anstatt sie aufzuhalten. Die Krankheit hatte schon viel früher begonnen, als Ebba schön sein wollte, um Carl zu halten. Aber sicher ist sie mit einigen Erwartungen nach England gereist. Die Engländer sollten sich um sie scharen. Und dann wurde nichts daraus. Natürlich war sie hübsch, aber sie war fast taubstumm. Sie hörte nichts, und wenn sie etwas hörte, dann verstand sie es nicht. Und wenn sie etwas verstand, hatte sie keine englischen Worte zur Verfügung, um damit zu antworten.

Für Johanna kann es kein Vergnügen gewesen sein, Ebba im Schlepptau zu haben, wohin sie auch ging. Man kann sich sehr gut vorstellen, daß sie jede Gelegenheit wahrnahm, um auf eigene Faust zu entwischen.

Man kann sich auch vorstellen, daß Ebba das Hungern als Waffe benutzte. Paß bloß auf, du, ich ess' nicht einen Bissen, wenn du mich nicht mitnimmst!

Aber die Hauptrolle spielte natürlich Carl. Zwar weiß Andrea über die Liebe noch weniger als über Magersucht, aber sie kann sich einiges zusammenreimen.

Sie glaubt, daß Ebba an ihn als an *die große Liebe* dachte. Auf diese Weise bekam ihr eigensinniges Dahinschwinden einen edlen und romantischen Hauch. Vielleicht wollte sie sogar Johanna ein bißchen beeindrucken. Hier siehst du jemanden, der wahrhaftig leidet. Was ist dagegen dein jämmerliches Verliebtsein in Mr. Gamble? Du weißt nicht, was Liebe ist, obwohl du dich schon mit anderen vergnügt und mit weit geöffnetem Mund gelacht hast.

Und übrigens, hat nicht Anna gesagt, daß man <u>nur einmal</u> in der <u>richtigen</u> Art Liebe lieben darf? Selbst wenn man sie mit dem Messer bedroht hätte, Ebba hätte nicht bekennen können, daß sie auf die <u>falsche</u> Art geliebt hatte.

Schließlich bleibt sie zu Hause im blühenden englischen Garten, während die anderen Jugendlichen sich hinaus auf Abenteuer begeben. Dort sitzt sie im Schatten und träumt von Carl. Wenn sie sich wiedersehen, will sie das hellblaue Musselinekleid tragen und den weißen Matrosenhut, und den Sonnenschirm will sie in der Hand kreiseln lassen. Er wird ihr nicht widerstehen können, nicht, wenn sie so dünn und durchsichtig ist.

Angebetete Ebba, wird er sagen. *Angebetete Ebba, kannst du mir verzeihen? Ich wußte nicht, was ich tat. Willst du mein werden für ewig?*

Nachdem Andrea ihre Diagnose abgeschlossen hat, muß sie nur noch herauskriegen, ob sie stimmt.

Andrea weiß wirklich nicht viel über Ebbas Leben nach

dem Sommer 1899. Einige Erinnerungsbilder und nicht viel mehr. Abgeschoben in das ausgezeichnete Pflegeheim, gehörte Ebba zu der anonymen Versammlung Toter, wie Großmutter die Verwandtschaft nennt, auch die lebende. Und die Verwandtschaft – lebendig oder tot – hat Andrea nie interessiert. Es ist ihr vollkommen gleichgültig, wer mit wem verheiratet gewesen ist und welche Kinder in den verschiedenen Ehen geboren wurden.

Bei allem, was sie weiß, könnte Ebba viele Male verheiratet gewesen sein. Daß kein Mann übriggeblieben ist, beweist nichts. Männer leben nicht lange in Großmutters Verwandtschaft.

Aber jetzt will Andrea Klarheit haben. Nur ein kurzer Bericht darüber, was nach der schmählichen Heimkehr im August bis zur Beerdigung im letzten Herbst passiert ist. Dann, findet sie, hat sie alles getan, was man von ihr erwarten kann. Und dann kann sie den Ring mit dem Amethyst ohne Schuldgefühle tragen.

Es ist nur leider so, daß Großmutter keineswegs eine Expertin im Leben alter Tanten ist, wie Andrea sich das eingebildet hat. Großmutter weiß nicht mal, was Anorexia ist! Sie hat nur gehört, daß Ebba in jungen Jahren sehr krank gewesen ist und daß es Jahre gedauert hat, bis sie wieder gesund wurde. Aber was das für eine Krankheit gewesen ist, darüber sprach man nicht. Großmutter war der Überzeugung, daß es Tuberkulose gewesen ist, vor allen Dingen, da sie sicher weiß, daß Floh einen Anflug von Tuberkulose hatte, als sie mit ihrem Lehrerinnenexamen fertig war.

Andrea muß die Briefe vorholen und sie Großmutter zeigen. Erst dann gibt sie widerwillig zu, daß Andrea recht haben könnte. Vielleicht aber auch nicht. Man zieht so leicht übereilte Schlüsse. Wie es auch gewesen war, von Anorexia hatte man zu der Zeit noch nie etwas gehört. Was aber nicht bedeutete, daß es die Krankheit noch nicht gegeben hätte.

Plötzlich fällt Großmutter etwas ein, und ihr Gesicht leuchtet auf. Floh erzählte immer so eine entsetzliche Geschichte über Ebba, und sie beschwor, daß die Geschichte wahr sei. Die war so:

Ebba war schrecklich mager, nur noch Haut und Knochen. Sogar die dicken, hellen Haare waren ganz glanzlos geworden und fingen an, in großen Büscheln auszufallen. Anna hatte ihr einen schwarzgefütterten Mantel genäht und eine kleine Kapuze aus demselben Stoff. Ebba fror ständig so sehr, daß sie diesen Mantel auch in der Wohnung trug.

Eines Tages klingelte es an der Tür, und Ebba ging öffnen. Draußen stand eine von Annas alten Frauen, die bei irgend etwas helfen sollte. Die Alte stieß einen Schrei des Entsetzens aus und viel im Treppenhaus in Ohnmacht. Ebba ihrerseits bekam solch einen Schreck, daß sie im Vorraum umfiel und zu einem Sofa getragen werden mußte. Floh lief auf flinken Beinen nach Wasser und bespritzte abwechselnd die Alte und Ebba. Das war ein Auftrag ganz nach ihrem Geschmack. Beide wurden naß und mußten einen Schluck Cognac haben, um sich wieder zu erholen. Aber den servierte Anna und nicht Floh. Die Alte erklärte, sie habe geglaubt, Ebba sei ein Geist. Sie hatte so unheimlich ausgesehen in ihrem schwarzen Mantel und mit dem kleinen, gelb-blassen Gesicht unter der Kapuze. Und als Floh sie das sagen hörte, fiel ihr zum erstenmal auf, wie grauenhaft häßlich Ebba geworden war, und sie erschrak sehr.

Großmutter erzählte auch noch etwas anderes. Jeden Tag kam eine Krankengymnastin – eine Frau mit ungewöhnlich starken und sehnigen Armen. Floh wußte das, denn sie hatte mit eigenen Augen gesehen, wie die Frau die Manschetten an ihrer Bluse aufknöpfte und die Ärmel aufkrempelte. Diese Person hatte die Aufgabe, Ebbas Bauch zu massieren, damit er nicht „eintrocknete". Floh faszinierte das Ganze so sehr, daß sie sich im Kleiderschrank im Zimmer der Mädchen versteckte, um die Behandlung durch einen Türspalt zu beobachten. Aber es war nicht viel zu sehen, sagte sie. Das Ganze sah so aus, als ob die Krankengymnastin mit großer Energie versuchte, Leben in ein Brett zu kneten.

Andrea ist der Meinung, daß diese Geschichte ihr recht gibt. Großmutter zweifelt immer noch. Aber wenn sie nachdenkt, fällt ihr das eine und das andere ein, was jemand erzählt hat. Es war ein ewiges Gerenne zwischen Ärzten, Wundertätern und weisen, alten Frauen. Es wurde ein schreckliches Theater um Ebba gemacht. Darüber ärgerten sich die Geschwister. Sie waren fest davon überzeugt, daß Ebba sich nur interessant zu machen versuchte, um ihre Macht über die Eltern auszuspielen. Für sie war es ein Ausdruck von Ebbas unglaublichem Eigensinn und der Schwäche der Eltern.

Während Johanna also nach vielen Wenn und Aber am „Höheren Lehrerinnenseminar" zu studieren begann und Floh noch zur Schule ging, wurde Ebba ganztags krank, überbeschützt und verwöhnt. Niemand dachte auch nur daran, die geringste Forderung an sie zu stellen. Es war unvorstellbar, daß das arme, schwache Wesen je etwas schaffen würde. Das einzig Wichtige war, daß sie genau tat, was der Doktor gesagt hatte. Und am allerwichtigsten war die Diät. Sie konnte ja fast nichts vertragen.

Die Jahre vergingen, und das Leben schrieb sich fort. Aber in Ebbas Fall wurden es nur weiße, leere Blätter. Sie lernte nichts, sie erlebte nichts, und während der langen Jahre, in denen sie mit der Krankheit kämpfte, verlor sie alle Freunde. Sie kümmerte sich um nichts anderes als um sich selbst und lebte nach vorgeschriebenen Regeln. Wenn der Doktor gesagt hatte, sie sollte ihren Körper durch kalte Bäder stählen, dann tat sie es, und wenn es in den Sommerferien jeden Tag junge Hunde regnete.

Andrea kann nicht begreifen, wie das fröhliche, muntere Mädchen aus den Briefen sich dermaßen wandeln konnte. Es gab doch soviel Lebensfreude in ihr und soviel Hoffnung! Die traurige Liebesgeschichte mit Carl konnte sie doch nicht total zerbrochen haben, sie, die so selbstverständlich damit rechnete, verheiratet zu sein, ehe sie zwanzig war. Wohin waren sie verschwunden, all die Jungen, die mit einer Konfektschachtel in der Faust hinter ihr hergelaufen waren?

Diese Jungen machten das Abitur und verlobten sich, ehe Ebba gesund genug war, sich wieder zu zeigen. Und da war es erbärmlich leer um sie. Die alten Klassenkameradinnen waren verheiratet, die alten Kavaliere verschwunden. Und wo sollte sie neue treffen?

Niemals ist sie auf einen Ball gegangen. Sie hatte nicht die Kraft, den Widerstand der Eltern zu brechen wie Johanna. Und außerdem – Mädchen, die selbst nie zu Bällen einladen, werden selbst auch nicht zu anderen eingeladen.

Björn war schon vor langer Zeit von zu Hause weggegangen. Plötzlich war er der Stolz der Eltern und junger, erfolgreicher Leutnant. Und natürlich verlobt. Er war ja ein Mann, bei ihm war das nicht schwer.

Aber die drei Lagerblad-Mädchen wohnten immer noch

zu Hause und teilten das Zimmer wie eh und je. Zwei nicht mehr ganz blutjunge Mädchen und ein fast blutjunges drängelten sich jeden Morgen vor der Kommode und dem Spiegel, um rechtzeitig zur Schule zu kommen. Ebba natürlich nicht. Sie mußte sich nicht beeilen. Sie blieb zu Hause und *half,* wie es hieß. Die Hilfe bestand meistens darin, daß sie ihre Blusen und Röcke selbst nähte, denn ihr Interesse an Kleidern nahm im Lauf der Jahre eher zu als ab. In jedem Frühling fertigte sie sich eine neue Garderobe für ihre Englandreise. Denn sie wollte wieder dorthin. Aber wenn der Aufbruch nahte, wurde nichts daraus. Sie wollte wohl, aber sie traute sich nicht. Ihre Schwestern zogen in langen Sommerferien hinaus in die Welt, aber Ebba blieb zu Hause, bereute es, wollte und wollte nicht. Und jeden Herbst kehrten die Schwestern zurück, und die Schulen begannen. Alles ging weiter wie zuvor.

Drei Töchter und zwei alternde Eltern jahrein, jahraus in derselben Wohnung. Das muß die liebevollen Reserven bis zum letzten Tropfen aufgebraucht haben.

Und immer noch keine Freier, oder besser gesagt, nichts, woraus etwas wurde. Denn so verzweifelt waren sie nicht, die Mädchen Lagerblad mit den geraden Rücken, daß sie sich mit dem Erstbesten zufrieden gaben. O nein. Sie hatten zwar ihre Forderungen etwas heruntergeschraubt, was *Herkunft und Vermögen* anging – aber nicht so weit, daß es lästig werden könnte –, jedoch nicht an die Liebe. Sie gehörten nicht zu denen, die sich verkauften.

Achtzehn Jahre nach der peinlichen Heimkehr aus England heiratete Johanna endlich einen treuen Verehrer, der ihr sieben lange Jahre den Hof gemacht hatte. Da kam sie plötzlich in Bewegung. Vielleicht wollte sie Kinder, ehe es zu spät war. Das wollten übrigens alle drei, und Ebba am allermeisten. Johanna bekam in rascher Folge zwei Mädchen und einen Jungen. Sie wurden alle von ihren Tanten verwöhnt und geliebt.

Und jetzt, wo Andreas Großmutter als Johannas jüngste Tochter auf der Bühne erscheint, da meint Andrea, müßte Ebba doch endlich etwas Wesentliches einfallen.

Aber Großmutter schüttelt den Kopf. Ebba muß an die vierzig gewesen sein, als sie geboren wurde. Schon von der ersten Erinnerung an war sie ältlich in den Augen der Großmutter. Dünner und in jeder Weise eleganter als Johanna, die ausladend war wie die meisten älteren Mütter zu jener Zeit. Ebba war gepudert, parfümiert und hatte Dauerwellen in ihren gestutzten Haaren. Sie war liebenswert mit ihrem kleinen, rührenden Lächeln. Sie begann, wirklich taub zu werden, wollte jedoch keinen Apparat benutzen. Mit Schmuck behängt und immer mit erlesenen Schuhen an ihren schmalen Füßen. Um sie war ein Glanz, und besonders glitzerte sie, wenn sich Herren in der Gesellschaft befanden. Johannas Mann hatte eine kleine Schwäche für sie. So weich und weiblich, sagte er sehnsüchtig. Großmutter mochte es nicht, wenn er so etwas sagte, aber später verstand sie, was er meinte. Johanna war alles andere als weich. Sie wollte bestimmen, und das tat sie auch.

Aber warum hat Ebba dann nicht geheiratet, wo sie doch so weich und weiblich war und eigene Kinder wollte?

„Das haben wir uns auch gefragt", sagt Großmutter. „Wir Geschwister haben häufig darüber nachgedacht. Ebba war doch die Romantische. Sie las Liebesromane und interessierte sich für unsere Schwärmereien. Sie wünschte sich so sehr, daß wir ihr unsere Herzensgeheimnisse anvertrauten. Aber da war die Grenze. Sie interessierte sich zu sehr. Wir erzählten lieber Floh von allem, obwohl das jetzt grausam klingen mag."

„Irgendwas muß doch passiert sein in all diesen Jahren", beharrte Andrea.

„Natürlich. Aber sie erzählte es nicht und sah aus wie Mona Lisa, wenn man fragte. Aus Mama war nichts herauszuholen. Sie war reserviert und klatschte nie. Nicht mal Floh, die sonst vor Geschichten fast platzte, erzählte was. Da sind wir zur alten Hanna gegangen. Die war immer noch da als treusorgende Dienerin. Als junges Mädchen war Fräulein Ebba unwiderstehlich, sagte sie. Sie konnte wählen und verwerfen. Aber sie hat die falsche Wahl getroffen und bekam großen Liebeskummer. Von dem hat sie sich nie mehr richtig erholt."

„Kann das wirklich Carl gewesen sein?" fragt Andrea.

Merkwürdigerweise hat Großmutter noch nie etwas von einem Carl gehört. Andrea muß ihr wieder die Briefe zeigen. Aber Großmutter gehört nicht zu den romantischen Typen, und sie glaubt nicht richtig an diesen Liebeskummer. Es war wohl eher so, daß er Ebba gerade recht kam, um den Mythos von einem großen Liebeskummer aufzubauen. Sie war so entsetzlich sentimental.

Aber mit der Liebe war es vermutlich wie mit den Reisen, sagt Großmutter. Sie träumte davon, und sie spielte damit, aber wenn daraus Ernst zu werden drohte, bekam sie es mit der Angst zu tun und entzog sich. Sie glitzerte und glänzte und flirtete gern. Aber nicht mehr. Keinesfalls mehr.

Im tiefsten Innern war sie vermutlich der Überzeugung, daß Männer nicht richtig zivilisiert, nicht gut genug erzogen sind. Nicht fein genug. Sie waren eben nicht wie Frauen. Das war ihr großer Fehler.

Vielleicht hätte sie ihr Mißtrauen gegen Männer überwunden, wenn sie geheiratet hätte. So wie sie die Angst vor dem Reisen überwunden hat, als es darauf ankam. Schließlich fuhr und flog sie zwischen Paris und Stockholm hin und her, als ob es nicht mehr war, als mit der Straßenbahn zu fahren. Da hatte sie keine Angst. Da ging es um die Karriere.

Andrea traut ihren Ohren nicht. Die Karriere! Ebba! Sie hat doch nie nur einen Finger gerührt!

„Aber das mußt du doch gehört haben", sagt Großmutter erstaunt. „Ebba ist eine Person geworden, mit der man rechnen mußte. Ihr hat doch der Salon *Maison Madeleine* gehört, wo sich die feinsten Damen von Stockholm einkleideten. Zu ihrer Zeit war sie richtig berühmt!"

Wie hätte Andrea das wissen sollen? Es war ja mehr als dreißig Jahre her, daß Ebba das Modeatelier verkauft hat und in Pension gegangen ist.

Und von *Maison Madeleine* hat sie auch noch nie was gehört! Und wie konnte Ebba so was überhaupt führen, sie, die nicht mal den Schulabschluß geschafft hatte?

Aber sie konnte es, und ausgerechnet Tante Amanda war es, die das Ganze in Gang brachte. Sie ließ nämlich all ihre Kleider und Kostüme im *Maison Madeleine* nähen, genau wie ihre hübschen Töchter. Und plötzlich hatte sie dann eine glänzende Idee. Ebba konnte doch so gut nähen und hatte so einen ausgesuchten Geschmack, könnte sie nicht Lehrling werden und etwas Richtiges lernen? Außerdem könnte sie den Kunden die Modelle vorführen, hübsch und schlank, wie sie war. Es wäre der beste Weg, um ein bißchen hinauszukommen und etwas Nützliches zu lernen. Anna protestierte natürlich. Ebba konnte doch nicht eine einfache Näherin werden! Und Mannequin darüber hinaus. Niemals! Aber Ebba muß begriffen haben, daß es eine Möglichkeit war, ihrem Leben einen Sinn zu geben. Sie bestand darauf.

Das muß irgendwann gegen Ende des Ersten Weltkrieges gewesen sein, ungefähr zur selben Zeit, als Johanna heiratete. Niemand glaubte, daß Ebba es mehr als einen Monat aushalten würde. Aber sie blieb über dreißig Jahre dabei, und in den letzten zwanzig Jahren besaß sie das Atelier. Sie, die man als Kind für dumm gehalten hatte, legte einen ausgeprägten Geschäftssinn an den Tag. Sie spürte, was in der Luft lag, und kaufte immer genau richtig in Paris ein. Sie hatte eine Art Mut, die sie dazu befähigte, etwas zu riskieren. Das Geschäft war viele Jahre lang eine kleine Goldgrube. Als *Direktrice* war sie äußerst respekteinflößend. Immer schwarz gekleidet, immer gepudert, smart und gerade, energisch und vollkommen taub, wenn es ihr in den Kram paßte, aber trotzdem – und das machte sie so charmant – hatte sie sehr weiche Umgangsformen und war vom Wunsch erfüllt, zu gefallen. Die Leute sagten, sie konnte wirken wie ein junges Mädchen, ganz entzückend. Wenn es ihr also in den Kram paßte ...

Sie wurde ein Pflichtmensch. Frühmorgens saß sie im Büro, den ganzen Tag überwachte sie die Arbeit, und abends kümmerte sie sich um die Buchführung. Floh paßte auf, daß sie sich nicht totarbeitete. Sie wohnten zusammen, seit die Eltern gestorben waren, und sie teilten immer noch das Schlafzimmer. Zu dem Zeitpunkt traute sich keine von beiden mehr, allein zu schlafen. Es könnten ja Diebe kommen und sie überfallen, jetzt, wo der liebe Papa fort war und sie nicht mehr verteidigen konnte.

Floh putzte, Floh ging einkaufen, Floh kochte die Mahlzeiten, und Floh munterte sie auf, wenn Ebba abends todmüde nach Hause kam. Floh war ja „nur" Lehrerin, sie schaffte das also alles, und Ebba hatte Hausarbeit nie gelernt. Sie konnte noch nicht mal ein Ei kochen. Aber eins war sicher, ohne Floh wäre Ebba zusammengebrochen.

„Und Floh", sagt Andrea, „hat sie nie ein eigenes Leben geführt?"

„Sie hatte gar keine Zeit, an sich selbst zu denken. Ebba brauchte soviel Hilfe. Aber einmal war die Verlockung groß. Das war, als ihr geliebter Hugo endlich um sie anhielt. Er war Witwer und fast siebzig. Doch als es so weit war, konnte sie Ebba nicht allein lassen. Sie lebten zusammen und wurden zusammen alt. Zwei kleine, weißhaarige Fräulein in einem kleinen, gepflegten Heim. Dort glänzten die alten, geliebten Möbel aus dem Elternhaus, frisch poliert und staubfrei. Es war fast, als ob die Eltern im Nebenzimmer wären, so allgegenwärtig waren sie. Ich frage mich, ob nicht zu dieser Zeit der Mythos vom wunderbaren Elternhaus der Kindheit entstand. Dann starb Johanna, dann Floh, und Ebba blieb allein zurück. Den Rest kennst du ja."

„Hast du dieses Lied auf der Beerdigung ausgesucht? Das mit der Kraft und der Leichtigkeit der Schritte. Hast du es ausgesucht, weil du fandest, daß es zu ihr paßt?"

Großmutter nickt. „Es paßte zu einer Phase ihres Lebens, als sie wirklich lebte. Aber daran können sich nicht viele erinnern. Ich hab' sie sehr gemocht, aber Floh hab' ich geliebt. Das war das Tragische an Ebba – alle hatten ihre Schwestern lieber."

„Bin ich ihr wirklich ähnlich?" fragt Andrea und schaut Großmutter fest an. „Hängt irgendein Fluch über uns? Werde ich auch nichts erleben? Daß wir uns äußerlich ähnlich sahen, weiß ich, sie war nur viel hübscher. Aber innerlich? Ich will nicht wie sie werden. Ich will nicht."

„Dann mußt du eben dafür sorgen, daß du es nicht wirst. So einfach ist das. Das hat überhaupt nichts mit einem Fluch zu tun. Es kommt nur darauf an, daß man sich nicht abschließt von allem und es mit dem Eigensinn nicht zu weit treibt."

Andrea läßt das dicke Kuvert bei Großmutter und trabt nach Hause. Ein Gefühl der Leere ist entstanden, jetzt, da sie nicht mehr über Ebba nachdenken muß. Ein paar Monate ist sie ihr nah gewesen.

Dann tut sie endlich das, was sie so lange nicht über sich gebracht und immer vor sich hergeschoben hat.

Sie ruft ihre Mutter an, und sie hat Glück. Ihre Mutter meldet sich.

Am nächsten Tag geht sie nach der Schule zum Reisebüro und bestellt ein Flugticket.

„Ich möchte in den Februarferien zu Mama fahren", sagt sie beim Mittag. „Das ist jetzt genau richtig. Und außerdem macht es bestimmt Spaß, Amerika zu sehen. Die meisten fahren ja sowieso früher oder später hin", sagte sie. „Und deinetwegen, Papa, brauch' ich mir keine Sorgen zu machen. Du kommst auch allein zurecht. Aber du mußt mir versprechen, daß du dich um Großmutter kümmerst, während ich weg bin. Sie ist alt, weißt du, alt und gebrechlich. Du mußt mir helfen, auf sie aufzupassen."

AUSWAHL –
die besonderen SchneiderBücher

Harald Parigger

Der schwarze Mönch

Speyer im Jahr 1212. Der fünfzehnjährige Gerhard führt
ein Leben voller Entbehrungen. Eines Tages faßt er einen
Entschluß: Er wird dem schwarzen Mönch folgen!
Zusammen mit tausend anderen Kindern wird er
ins Heilige Land ziehen. Dort, so hat der schwarze Mönch
versprochen, erwartet sie alle ein besseres Leben.
Ein Leben ohne Hunger, ohne Prügel,
ohne Unterdrückung.
Unterwegs findet Gerhard bald neue Freunde.
Zu ihnen gehört auch die geheimnisvolle Irmingard.
Wer ist sie, und woher kommt sie? Niemand weiß es, aber
Gerhard schließt sie sofort in sein Herz.
Dann aber läßt der schwarze Mönch seine Maske fallen,
und die Reise wird für Gerhard ein einziger Alptraum.

AUSWAHL –
die besonderen SchneiderBücher

Beatrice Solinas Donghi

Beatrice Solinas Donghi
JENER SOMMER AUF DER BURG
Deutsch von Susanne Arnold
SCHNEIDER BUCH

Jener Sommer auf der Burg

Gina ist Feuer und Flamme, als ihre Freundin Ippolita sie bittet, die Ferien mit ihr auf der Burg ihrer Familie zu verbringen: In Burgen kann man schaurige Gewölbe erforschen, und manchmal findet man dort einen richtigen Schatz.
Abenteuerlustig begeben sich die beiden Mädchen auf Entdeckungsreise. Was sie finden, ist mehr als ein paar gruselige Erlebnisse. Ippolita, die sich so sehr danach sehnt, mit ihrer Mutter zusammenzusein, muß eine schmerzliche Erfahrung machen.
Und dabei erweist sich Gina als wirklich heldenhafte Freundin.